「見ていろ！
あんたを死なせて楽にはさせない。
生きて荷物を持ちながら
苦労してみせろ！」

「結界は大地の下まで張ってるのかしら!?」
「お前らはね……この劣等能力者の僕に呪われたんだよ」

「敵の攻撃の心配は無用です！
私がすべて守ります！」

茉莉は……突然、二人を抱きしめた。
「は？」
「くじけないでね！　心を強く持って！」
「え？」

魔界帰りの劣等能力者

7.呪いの劣等能力者

たすろう

HJ文庫
951

口絵・本文イラスト　かる

Contents

プロローグ

「ハッ！　祐人《ひろと》⁉」

茉莉《まつり》は聖清《せいせい》女学院からあてがわれた寮《りょう》の一室で目を覚ました。

時計に目をやると、まだ学校に行く準備をするには早い時間。

「夢？　今、祐人が……」

少々、頭重感があり軽く頭を振《ふ》るが、茉莉の中に言い知れぬ不安のような違和感《いわかん》が漂《ただよ》っていた。

そして、突然《とつぜん》に祐人のことが気になって仕方がない。

（重傷を負っている祐人が見えたような……気のせい？　私が祐人のことを考えすぎなのかな）

そこまで考えると茉莉は少し照れるように苦笑いをした。

茉莉は普段《ふだん》から祐人のことを意識している。

いつもの制服でも髪型《かみがた》でも祐人にどう見えているか気にしていたのだ。

それはいつだって、どんな時もそうだった。

ただ、今まではこれを認めていなかった。認めることをしようともしなかった。

身だしなみは大事であり、それは関《かか》わる人すべての人からの印象を悪くしないために気をつけているにすぎない、そう思っていた。

ところが先日になって茉莉はそうではなかったんだな、と知ることになる。

その契機《けいき》となったのは祐人が能力者であることを知った日だ。

(祐人が能力者なんて関係ない。あの時、祐人を……祐人がとても大きく見えて、ううん、それも違《ちが》うわね、私がそれに気づいていなかっただけ)

その日の祐人を、現在の祐人を見て、知り、受け入れてから茉莉は自分の中にあった祐人に対するこの事実を素直《すなお》に認めることができるようになっていた。

(でも、さっきのは……夢じゃなくて、すごくリアルに祐人を感じたのだけど)

そして……茉莉の中で変化が起きたのはそれだけではなかった。

それは言葉にするには難しかったが自分の中にある凝《こ》り固《かた》まった考えや物事の捉《とら》え方《かた》までもが取り払《はら》われていくような不思議な感覚を覚えていたのだ。

まるで何かに邪魔《じゃま》をされて今まで見えなかったものや分からなかったものが、くっきりと姿を現し、視界が無限にも思えるほど開けていくような感覚。

「祐人……今、何をしているの？　元気なの？　上手《うま》くいっているの？」

茉莉はベッドから離《はな》れて窓の外を見つめる。

昨日、祐人が闇夜《あんや》之豹《のひょう》なる組織に雇《やと》われた死鳥《しちょう》と戦うことも辞さないと言った時の顔を思い出す。

〝負ける気は……ないよ。まったく〟

いい加減で適当に紡《つむ》いだ言葉ではなかった。しかし茉莉は先ほど頭に浮《う》かんだ怪我《けが》をしている祐人を思い出すと一抹《いちまつ》の不安を抱《だ》きながら目を瞑《つぶ》る。

そして、暫《しばら》くすると目を開けて生気のある瞳《ひとみ》を見せた。

「大丈夫《だいじょうぶ》、きっと上手くいくわ、祐人。だから私は……祐人の日常を守るわ！」

登校するには大分早い時間だったが、茉莉はシャワーを浴びに寝巻《ねまき》の上着をベッドの上に放《ほう》り投《な》げた。

第1章　望まれた死闘と望まぬ死闘

「どうした、堂杜祐人《どうもりひろと》！　俺《おれ》を倒《たお》してすべての解決を図《はか》るつもりではないのか⁉　俺を殺すつもりで来てみろ！」

祐人はまなじりを上げて止水《しすい》に迫《せま》ると右手に愛剣《けんい》倚白《はく》を握《にぎ》りしめ、円の軌道《きどう》を描《えが》いた連撃を繰《く》り出す。

「だれが殺すと言った！　あんたは生きたまま志平《しへい》さんの前に引きずり出してやるって言ってんだ！」

「ぬう！　そんなもので！」

止水は祐人の返答に歯ぎしりをしながら倚白の連撃を棍《こん》で撃《う》ち落とした。

「そのような生ぬるい覚悟《かくご》でこの死鳥《しちょう》を倒せると思うな！」

「くっ！」

止水は怒《いか》りと失望を綯《な》い交《ま》ぜにした激しい感情を見せる。そして激しい感情に突《つ》き動かされるように祐人の使えなくなった左上腕《ひだりじょうわん》へ渾身《こんしん》の棍を薙《な》いだ。

すると祐人が思わぬ動きを見せる。

祐人は連撃を撃ち落とされつつも体幹を乱さず回転し、止水に背を向けたのだ。

「ム……！」

祐人はこの激闘《げきとう》の最中に止水に背を向け重心を下げると折れた左腕の肘《ひじ》で倚白の剣身を支え、棍を斜《なな》め上に滑《すべ》らすようにいなしたのだ。

（こ、こいつ、何という！）

結果、渾身の力で薙いだ止水は棍を振り回すようになり、ほんの僅《わず》かに体が流れた。

この止水に生じたコンマ一秒以下の隙《すき》。

そこに背を向けて見えていないはずの祐人から絶妙《ぜつみょう》なタイミングで止水の胸に踵《かかと》が振り上げられた。

それがこの上なく危険な蹴《け》りだと止水は肌《はだ》で感じとり、咄嗟《とっさ》に胸を左腕で庇《かば》う。

「グゥ！」

直後、止水は自身の左腕が拉《ひしゃ》げていく様をまるでスローモーション映像を見るかのように確認《かくにん》してしまう。その下方からの蹴りは左腕を粉砕《ふんさい》しそのまま止水の胸部にまで衝撃《しょうげき》を伝えた。

止水は上空に吹《ふ》き飛ばされると深い山林の天井《てんじょう》をも突き抜《ぬ》け、瑞穂《みずほ》たちと百眼《ひゃくがん》たちが戦っている広場の方角に落ちていく。

祐人は鋭《するど》い視線で振り返ると上空にいる止水の姿を目で追い、移動しようとした。

――その時である。

祐人の視野にドレス姿の貴婦人のような人影《ひとかげ》が入った。

「ハッ、あれは⁉」

朝日を全身に受けているにも関わらず薄暗《うすぐら》い魔力《まりょく》に覆《おお》われ、影《かげ》そのもののように見える女性の邪悪《じゃあく》な視線と祐人の視線が交錯《こうさく》する。

「な、何という小僧《こぞう》……私の呪詛《じゅそ》を受けてなお、そこまで戦えるのか！」

「さっきから感じていた視線はあいつか！　しかもこの寒気は僕《ぼく》に呪詛を仕掛《しか》けていたな！　ということは今回の呪術師《じゅじゅつし》はあいつか！」

祐人は一瞬《いっしゅん》、どうするか考えるが、今は止水との戦闘《せんとう》を止めるわけにはいかない。

「チッ！」

（今は燕《えん》止水だ！　それに瑞穂さんたちも気になる！）

祐人はロレンツァを睨《にら》みつけると倚白の柄《つか》を口に咥《くわ》え、木の葉を数枚拾いあげてロレンツァに向かい放った。

そしてそのまま猛《もう》スピードで吹き飛んでいった止水を追って広場の方向へ走り出す。

「あら、こちらに来たらどうしようかと思ったけど、死鳥さんを優先したようね」

ロレンツァは木の葉の刺《さ》さった扇子《せんす》を顔から外して口元を隠《かく》す。

「何者なのかしら、あなたは。呪詛の影響《えいきょう》がこんなにも薄《うす》いなんて誤算だわ。もう少し、あなたを知らなくては駄目《だめ》ね……」

そう言うと魔力がドレスの内側からあふれ出し、ロレンツァの全身を包んでいく。

呪術師であり優秀《ゆうしゅう》な占い師《うらなし》でもあるロレンツァは白目のない暗黒の眼をカッと見開き、移動中の祐人を睨みつける。

「見せてもらうわ！　あなたの運命の糸が何処《どこ》から来て何処へ向かおうとしているのか。それでお前の成り立ちと正体も少しは分かるというもの」

ロレンツァはトランス状態に入り、祐人の姿を目に吸い込むように凝視《ぎょうし》し始めた。

その漆黒《しっこく》の目に祐人の姿が映し出され、ロレンツァの想念がその先、その先へと堂杜祐人という人物の内側を覗《のぞ》きだす。

(見せなさい……何がお前を構成しているか)

ロレンツァの能力は大きく分けて二つだ。

一つは呪術《じゅじゅつ》。その名の通り対象を呪《のろ》うことによって生命力を削《けず》っていく。

そしてもう一つは占術《せんじゅつ》である。

ロレンツァの占術とはその者から生まれ出ずる運命の糸を見極《みきわ》めるというもの。

運命の糸とはその人物に起きた過去、そして現在、また、これから起き得る可能性の高い未来を繋《つな》げる複雑に絡《から》み合った糸のことをいう。

さらにはこの大量の糸を解していくことで出所を探《さぐ》り、その奥《おく》に隠れるその人物の魂《たましい》……その人間の根源を見極めるのだ。

そうすることでその者のこの世界における存在意義の一端《いったん》をすら覗き見る。

ロレンツァの想念が祐人に絡まる運命の糸の間を通り抜け、その奥へ、さらにその奥へと進んでいく。

(な……何なの⁉　これは)

そこでロレンツァは驚《おどろ》きで目を広げた。

何故《なぜ》なら、祐人に絡み合う運命の糸が所々切れて、過去と現在、そして未来を繋げていないのだ。

経験深いロレンツァもこんなものを見たことはない。

ロレンツァは薄気味悪《うすきみわる》いものを見るように顔を歪《ゆが》ませる。

占い師として理解の難しい、複雑怪奇《ふくざつかいき》な運命の糸の絡み方なのだ。

これでは何度も今を繰り返し、何度も未来を変えていってしまうことになる。

つまり、堂杜祐人の未来そのものが定まることはない。

（あの小僧は一体……。うん？　この先ね……）

ロレンツァは顔を強張《こわば》らせつつも慎重《しんちょう》に、ゆっくりと堂杜祐人の中心部へ向かう。

そして、見つけた。

堂杜祐人という人物の存在理由、行動原理、そして想《おも》いの集合体。

その周囲には天命、因縁《いんねん》、宿運という名の激流が吹き荒《あ》れている。

（な、何なの、これは⁉）

ロレンツァは愕然《がくぜん》とした。

この激流はすべての人間が持つものだ、それはいい。

だがほとんどの人間はこの激流に乗り、または流され、輝《かがや》いたり輝きを失ったり、各《おのおの》が葛藤《かっとう》しているものなのだ。

それが……堂杜祐人の魂は激流を頑《がん》として受け入れずその場に留《とど》まっている。

それでいて強い輝きを放ち、色彩《しきさい》豊かな姿を見せているのだ。

「小僧！　まさか、お前は⁉　それで呪詛の効果が弱いとでもいうのか！」

ハッとしたようにロレンツァは意識を回復し、震《ふる》える両手で扇子を握りしめる。

「冗談《じょうだん》ではない……小僧。必ず地獄《じごく》へ送ってやるわ！　この呪われ、腐《くさ》った世界を知ってもなお、光を失わぬなど……貴様は我々の最も忌《い》み嫌《きら》う存在。たとえあなたが……いえ、そうであればこそ！　必ず絶望の深淵《しんえん》に叩《たた》き落してくれる！」

突然に怒髪《どはつ》天を衝《つ》くロレンツァはおぞましい怒りの形相を見せ、口が裂《さ》けるように広がり、その刃《やいば》のような歯を露《あら》わにした。

「許されざる存在よ、小僧。たとえあなたが運命を開拓する者《イルデスティーノ・ピオニエーレ》だとしても！　たかが小僧一人で人間たちすべての怨嗟《えんさ》と憎《にく》しみを受けきれはしない。この世界に蔓延《まんえん》し、決してなくならぬ呪いに潰《つぶ》されるがいい。そして知れ！　この呪いは魔神《まじん》の支配という恐怖《きょうふ》でしか払《ふっ》しょくされない、ということを！」

ロレンツァの叫《さけ》びと高笑いが山々に木霊《こだま》するとその姿は既《すで》に消えていた。


（何て奴《やつ》だ、堂杜祐人！　何という才の持ち主！）

祐人の必殺の蹴りで上空に吹き飛ばされた止水はそのように考えていた。

それでいて……それでいい、と内心考えている。

止水は全身に走る激痛に耐《た》えながら粉砕された左腕とそれにとどまらずに肋骨《ろっこつ》を数本持っていかれたことを理解した。

（堂杜祐人……何故、すぐにとどめを刺しに来ない。何故、俺と志平たちにそこまで拘《こだわ》る

のだ。お前ほどの男ならば俺を無視して伯爵《はくしゃく》なる者の命をとりに行くことも可能だったはずだ）

　止水は静かに目を閉じる。

「志平……お前はもう一人前の男だ。もう俺は忘れろ。俺はお前らにこれ以上関わってはならぬ男だった。一度、この身を闇《やみ》に染めた俺がいる限り、何度でも闇は俺を追い、そしてお前たちを巻き込む。それをここで断《た》ち切らねばならんのだ」

　そして、止水らしからぬ縋《すが》るような目で突き抜けるような空の向こう側を見つめた。

（堂杜祐人！　頼《たの》む、俺を殺してくれ！　お前しかいないんだ。今の俺の全力を受けとめて俺を倒せるのは。俺に死鳥らしい最後を与《あた》えてくれるのは。俺は燕止水ではない。ただの止水……生を運ぶ水を止める者、死鳥の止水だ！）

　止水は決して掴《つか》むことは出来ない距離《きょり》にある朝日に目を向ける。

「思思《シーシー》……」

　止水の口から漏《も》れ出たその名は止水に姓《せい》を与えた張本人、志平の実母でもある燕思思だった。

（俺は……生きるために力を振るうことしか知らぬ男だった）

止水は自分がどこで生まれたのかも知らない。

気づいた時には物乞《ものご》いをし、時には盗《ぬす》みを働き、その日をただ生きのびる毎日だった。名前も姓もなく同じような境遇《きょうぐう》の子供数人と雨風を何とかしのげるスラム街の小屋に身を寄せていた。

そしてある日の夕方、スラム街を歩く怪《あや》しい老人を見つけ、仲間と協力し金目のものを奪《うば》おうと計画した。

それが後の仙道《せんどう》の師、悪仙崑羊《あくせんこんよう》だとは止水に知る由もなかった。

崑羊は年端《としは》も行かぬ悪童たちを容赦《ようしゃ》なく叩きのめすと、その中で一人なんとか立ち上がり、崑羊を睨みつけた少年を見て、目を隠すほどの長い眉毛《まゆげ》を片方だけ上げた。

「ほっほう、立ち上がるか。これは面白《おもしろ》いのを見つけたわい。おい、小童《こわっぱ》、名は何という？」

「名前なんか……知るか！」

「ふむ、名もないとはなぁ。それでは困るのう……まあ、良いか、名は本来与えられるものではない。自分で名乗るか、誰《だれ》かに呼ばれるものだわいの」

「うるさい、クソジジイ！　いいから金目のものを置いていけってんだ！」

「この状況《じょうきょう》を見て、まだそんなことが言えるとは大した小僧じゃわい。仲間の怪我が心配ではないのか？」

「別にこいつらは仲間じゃない」

「ほっほう、生きるために集まっただけか。だが、それをその歳《とし》で言い切るとはのう。気に入った。儂《わし》は崑羊、知るところでは悪仙とも呼ばれている。儂のところに来てよいぞ」

「何を……あ、放せ！」

それを最後にその少年は街から姿を消した。

そして十数年後、少年は裏社会で姿を現すことになる。

〝死鳥の止水〟。

……そう呼ばれて。

（そんな俺が……安穏《あんのん》とした生活を得るとは思いもしなかった）

止水の脳裏《のうり》に志平や世間に見捨てられた子供たちと共に過ごした日々がよみがえる。

当時、止水は金のために裏社会からの依頼《いらい》で生計を立てていた。内容は暗殺、重要人物の誘拐《ゆうかい》、敵対組織の壊滅《かいめつ》から極秘《ごくひ》資料、データの強奪《ごうだつ》などとろくでもないものばかりだ。

止水の師、崑羊は止水の才だけを愛し、仙術《せんじゅつ》は授《さず》けたが社会性や個人の生き方などに興味はなく、ただ必要な時に必要なだけ自分を世話するようにというのみであった。

そのため止水は生きるためにはどんな方法も問わなくてよい、という幼い時の考え方そのままに成長した。己《おのれ》の人生というものを考える機会もきっかけすらなかった。

その後、止水の超人的《ちょうじんてき》な強さ、依頼の成功率の高さが裏社会に広がるのに時間はかからなかった。また死鳥の名を轟《とどろ》かせた理由の一つは「死鳥は決して依頼を反故《ほご》にしない」ということが知れ渡《わた》ったことだった。

一旦《いったん》、依頼を受ければ決して逃《に》げず、契約金《けいやくきん》にごねず、達成する。

裏切り、スパイ行為《こうい》、二重スパイ行為が当たり前の世界で、何故か止水はこの点においてブレることはなかった。当然、誰かに教育されたものではない。恐《おそ》らくこれは止水自身の生来の気質であったのだろう。

ところがある日、暗殺を依頼された止水は思わぬ強敵に出くわした。

それは世界能力者機関にも所属する実力者、黄《こう》家の当主である黄大威《だいい》と後のランクSS王俊豪《おうしゅんごう》だった。

相手側が事前に死鳥の情報を得て能力者家系の名家である黄家と王家にコンタクトをとったのだ。機関も暗殺者が最近派手に暴れている能力者と知り、これを黙認《もくにん》する。

止水はこの超大物《ちょうおおもの》二人との戦いに陥《おちい》り、結果、大威を撃破《げきは》するも王俊豪に重傷を負わされ命からがら流れ着いた寒村で思思に拾われたのだ。

そこで数日、思思たちの看病を受け、止水は目を覚ました。

止水は重症《じゆうしよう》の身で粗末《そまつ》なあばら家の外に出ると、何をするわけでもなく畑仕事をこなす思思と子供たちをただ毎日眺《なが》めて過ごしていた。

そんな止水をしばらく放っておいた思思だが、数日経《た》ったところで止水に声を掛《か》けた。

「傷はもういいのかい？」

止水は虚《うつ》ろな目を僅かに思思に移す。

「世話になったな。この礼は……」

「当たり前だよ、すぐに返しな」

「ああ、金は必ず……」

「はん？　何を言ってんだい。ほら、すぐに手伝いな。あんたに金なんか期待しちゃいないから労働で返すんだ。大の大人がいつまでも休んでるんじゃないよ。やることなら腐るほどあるんだから」

そう言うと思思は止水の前にボロボロの農具を放り投げた。

その後、止水は何も言わずに畑仕事を手伝いだした。

そして薄々《うすうす》、気づいてはいたが思思と子供たちの関係と境遇を知った。志平以外は皆《みな》、捨てられた子で思思が面倒《めんどう》をみているという。

別に同情はしなかった。

それは自分の幼い時の境遇がこれよりも酷《ひど》いものだったからなのか止水自身にも分からない。

ただ止水は自分の幼い頃《ころ》と比べてもさほど変わりのない極貧《ごくひん》の生活を送る子供たちを見つめてしまう。

大人でも決して楽ではない畑仕事を手伝い、具も味もなく決して美味《おい》しくもない料理を食べても……思思に褒《ほ》められると笑顔《えがお》を見せる子供たちの姿を見つめていたのだった。

それから数年間——

止水は思思が過労で亡《な》くなった後もこの寒村で過ごすことになる。

止水にしてみればいつでもその場から去ることもできた。

だがどういうわけか止水はこの場に残り、子供たちとともに生活をつづけた。

実は止水は気づいたのだ。

いや、もうとっくに気づいていた。

そして先月に闇夜之豹《あんやのひょう》からの依頼が来た時に止水は再度、これを心に刻んだ。

ここでの生活こそが、
思思の残した子供たちと生きのびてきたこの場所こそが、

自分にとって初めて得た居場所であったことを。

それは崑羊との修行《しゅぎょう》でも得ることのできなかった孤独《こどく》からの解放でもあった。

今の止水には分かっている。

思思や子供たちとのやり取りによって得られたものが自分の生にとってどれだけの価値を持っていたのかを。

〝あんた、名前は？　ふーん……で、苗字《みょうじ》は？　は？　ないのかい？　仕方ないねぇ、だったら今日からあんたは私たちと同じ燕を名乗りな。嫌《いや》なら別に構わないけど〟

〝止水、あんたは大人なんだから、自分の食い物は自分で取ってきな。それで残ったものを子供たちに分けるから。はん？　仕方ないだろう、また子供たちが増えたんだから〟

〝止水、行ってくるよ。私がいない間、子供たちを頼むよ。まだ玉玲《ぎょくれい》なんかは小さいから夜はあんたが一緒《いっしょ》に寝《ね》てあげな。こら、止水、そんな顔をすんじゃないよ！〟

〝何を言ってんだい、止水らしくもないことを言うね！　こんなことぐらいで体を壊《こわ》すほど私はやわじゃないよ。ちょっと休んだらすぐに良くなるから。志平と止水は子供たちを見てやっておくれ〟

そして——思思が亡くなる前夜。

思思が止水を自分の元へ呼んだ。

「止水……こっちにおいで。そう、そこに座《すわ》りなさい。止水、あなたには伝えておくよ」

止水は無言で思思の粗末な寝床《ねどこ》の横に座り、思思を見下ろした。

「ありがとう……止水。あんたが来てくれて本当に助かっていたんだよ」

止水の目がやつれた思思の顔を捉える。

その止水の目には僅かな不安と寂《さび》しさが混じっていた。

思思はそれを知ってか知らずか、できる限り張りのある声を上げる。

「あんたにとってここはあまりに小さく息苦しかったでしょう。でも、最後にお願いをさせてもらうよ。あ、万が一だよ？　私はまだたくさんやることがあるからね。でも、万が一……私に何かあったら、志平たちをよろしく頼むよ。大丈夫、あなたをいつまでもここに縛《しば》るつもりはないよ。志平が一人前になるまででいい」

止水は何も言わず小さく頷《うなず》いた。

止水はいつも通りの無口で無表情のままだが、その姿はどこか頼《たよ》りない少年のような雰《ふん》囲気《いき》を漂わせた。そこには死鳥などと呼ばれた姿は微塵《みじん》もない。

「いいかい、止水。その後は自由に羽ばたきなさい、太陽の光が眩《まぶ》しい大空を！　死鳥などではなく鴻鵠《こうこく》のように！」

無表情だった止水の顔が驚きに変わった。

何故、思思が自分を死鳥だと知っているのか。

だが思思はそのことについては何も言わずに優《やさ》しくも弱々しい笑顔を見せる。

止水はその笑顔を見て思思の体から発せられる氣があまりに少ないことに気づき、まるで未熟な少年が何かに怯《おび》えるようになってしまう。

「止水……あんたはね。あんたも……私の息子《むすこ》だったんだよ。そう、突然できた燕家の長男さ。でも男はいつか巣穴から羽ばたくもの。ははは、馬鹿《ばか》だね、大の男が泣くんじゃないよ。いい男が台無しだよ、止水坊」

そう……止水はこの時、生まれて初めて涙《なみだ》を流したのだった。

止水は様々な想いの中、思思を見つめ、思思の最後の願いを受け取ると小さな声で答えた。

「分かった。後のことは俺に任せればいい……」

「……母さん」

すると思思は弱々しくはあったが、大きく頷いて笑顔を見せ、涙を流す長男の手を強く握ったのだった。

◆

祐人に吹き飛ばされた止水は闇夜之豹たちが戦っている広場の淵《ふち》に体勢を立て直して着地した。

止水は口から流れる血を拭《ぬぐ》い、祐人がこちらに向かって来ているのを察知しながら棍を握りしめる。

（思思……すまん。俺は志平たちの長男として相応《ふさわ》しくはなかった。だが俺は必ず志平たちを守る。この状況の元凶《げんきょう》を作った俺の死によって！　もう俺にはそれしか思いつかん。説教はそちらで受ける）

止水は最後の仙氣を振り絞《しぼ》るように練り始めた。

「これは……!?　止水？」

四天寺《してんじ》の精霊《せいれい》使いたちに作られた地下でハッとしたように志平が呟《つぶや》く。

志平は唇《くちびる》を噛《か》みしめると、いてもたってもいられず自分の膝《ひざ》で眠《ねむ》る玉玲をそっと毛布の上に寝かしつけた。

「みんな、絶対ここから出ちゃ駄目だぞ！」

他の子供たちにそう言うと志平は勢いよく立ち上がった。

その足元では今まで気持ちよく寝ていた玉玲がぬくもりを失った寂しさで寝返《ねがえ》りをうつと目をこすりだした。

「志平兄ちゃんはぁ？　止水はまだ帰ってこないのぉ？」


広場中央では白《パイ》たちと瑞穂たちが一息をついた。

「これで全部だね～」

白は鼻歌交じりに百眼を厳重に縛り上げた。

百眼は唇を噛み、悔《くや》し気《げ》に顔を地面につけた。

「ぬう！　おのれ……おのれぇ！」

広場での闇夜之豹と瑞穂たちの戦闘は白、スーザン、玄《げん》の参戦で一気に戦況《せんきょう》が動いた。

闇夜之豹たちは忽然《こつぜん》と山林に現れた白、上空からスーザン、地下から迫る玄に大いに翻《ほん》弄《ろう》され、あっという間に全員捕縛《ほばく》されてしまった。

　初手で指揮官である百眼を玄が地中に引き込み、無力化したのが何よりも大きかった。その後は瑞穂たちとの戦いで疲労《ひろう》していた闇夜之豹を一人ずつ白とスーザンが撃破し捕縛していったのだ。

「白さんたちは本当に弱っていたのですか？　あの動きと能力……とんでもないですね」

　明良《あきら》が玄たちを惚《ほう》けるように見つめる。

「これくらいなら軽いでやす」

「へへん、これでまた祐人に褒められるね」

「……頭を撫《な》でてもらう」

「でも、流石《さすが》にこれ以上はきついでやすな、白、スーザン、我々はここで退散しましょう。親分にも必要以上に頑張《がんば》るなって言われてやすし」

「えー、祐人に会ってからにしようよ～」

「……（コクコク）」

「まあまあ、実際、これ以上消耗《しょうもう》すると実体化が解けて霊体《れいたい》になりやすぜ。そうしたら学校での成り代わりも無理でやす。全部、嬌子《きょうこ》たちに持ってかれやすよ」

「ええ!?　それは嫌だ！　また一悟《いちご》とも遊びたいし！」

「一悟……あいつ、面白い」

「それでは行きやしょう。じゃあ、明良さん、あっしらは先に帰りますわ」

「あ、はい。皆さん、ご助力、感謝します」

「またねー、祐人に早く帰るように伝えてね！」

「……伝えて」

「はい、分かりました」

そう言い残すと玄たちはスーと姿を消した。

ちなみに玄たちはずっと捕《と》らえた闇夜之豹たちを踏《ふ》みつけながら平然と話していたので、明良は捕縛し集められた闇夜之豹たちを若干《じゃっかん》、気の毒そうな顔で見つめる。

「そんなことを言っている場合じゃないわよ、明良。祐人の方がどうなっているか……マリオン、祐人の状況が気になるわ。うん？　マリオン、どうしたの？」

マリオンの顔色の変化に気づき瑞穂が怪訝《けげん》そうな表情を見せる。

「いえ、先ほどから視線のようなものを感じるんです。何と言いますか、とても薄暗く、闇の力を孕《はら》んだようなものに……」

「それは……マリオン、まさか敵の呪詛⁉」

「いえ、その可能性はありますが分かりません。それに私はこれでも神の加護を得たエクソシストです。呪詛の類には強い耐性《たいせい》を持っていますので大丈夫です」

「もしかしたら、まだ敵の能力者がいるのかもしれません。この敵の標的はマリオンさんです。念のためマリオンさんは私たちの後ろにいてください」

「はい、明良さん、ありがとうございます。でも大丈夫です。それに祐人さんがまだ戦っているはずですので、私も……あ、あれは⁉　瑞穂さん！」

「え⁉　あ！」

マリオンが指をさし、その方向に振り向くと上空から急降下してくる人間が目に入り、瑞穂も明良も驚く。

「あれは死鳥！　祐人君は⁉」

止水は広場中央にいる瑞穂たちから見て北側の端《はし》に着地し、誰かを待ち受けるように林に向けて構えを見せた。

だがその姿は全身に手傷を負い、左腕を垂らすという満身創痍《まんしんそうい》のものだ。

「なんと！　あの死鳥が相当なダメージを負っている。祐人君がやったのか！　瑞穂様！」

「ええ！　今のあいつなら私たちも援護《えんご》が可能だわ」

チャンスと見た明良と瑞穂は精霊をその手に集め始め、こちらに背を向けている止水への攻撃《こうげき》のタイミングを測りだす。

「止水！」

突如《とつじょ》、その二人の背後から大声が発せられ驚いた瑞穂と明良は振り返った。

「志平さん⁉　まだ危ないです！　中に戻《もど》ってください！　おい、志平さんを中に……」

「待ってくれ！　止水と話を！　俺は止水の本心を聞かなきゃならないんだ！　止水！」

志平のその叫びが止水に届くか届かないかという時、木々の間から祐人が飛び込んでくる。

「祐人！」

「祐人さん！」

瑞穂とマリオンが声を上げると同時に止水と祐人が激突《げきとつ》した。

凄《すさ》まじい衝撃波が吹き荒れ、遮蔽《しゃへい》物のない広場の中央にいる瑞穂たちのもとにまで届くと全員、体を庇った。

その衝撃波は縄《なわ》でがんじがらめにされている闇夜之豹たちをゴロゴロと転がせ、それぞれがうめき声を漏らす。

「な……祐人さん⁉」

何とか目を開けたマリオンは祐人の負っている傷の深さに気づき手を口で覆ってしまう。

にもかかわらず祐人と止水は互《たが》いに重傷を負っているとは思えない動きで広場を駆《か》け巡《めぐ》

り、ぶつかり合う。

明良と瑞穂も援護しようと集めていた風精霊を放つタイミングが取れないほどの動き。

「止水ぃぃ！　もう止めてくれよ！　止めてくれ！」

志平の悲鳴を受けても止まらない、止まれない二人の仙道使いは広場を縦横無尽《じゅうおうむじん》に暴れまわる。

「ぬうう！」

「はああ！」

止水と祐人の右手に握られる棍と倚白が高速で何度も至近でぶつかり合う。

止水の右耳が裂けると祐人の左目の上部が裂けた。

直後、止水の棍が祐人の頭上から振《ふ》り下ろされる。それを祐人が間一髪《かんいっぱつ》で横にスライドして避《さ》ける。すると止水は祐人の予想を超《こ》えた動きを見せた。

祐人に躱《かわ》されたことに構わず棍を大地に叩きつけ、祐人の立つ足場を崩《くず》した。

「むう⁉」

祐人の背中に悪寒《おかん》が走る。止水が何かしらの奥義《おうぎ》を繰り出してきたのが分かる。だが、それが分かっていても足場を崩されたことですべての動きに遅《おく》れが出る。

止水は足場を崩した棍をそのまま数倍の長さに伸《の》ばし、強固な柱のように大地に突き立てる。そして右腕《みぎうで》だけで体を支えながら祐人の胸へ必殺の蹴りを繰り出した。

この危険極《きわ》まりない蹴りを前にして、途端《とたん》に祐人の目が静かなものになった。

これに止水の表情が強張る。

自分が奥義を繰り出した結果、相手の奥義を引き出すことになったことを悟《さと》ったのだ。

死線を何度も潜《くぐ》り抜けてきた強者同士だからこそ分かる戦いの空気、相手の覚悟、そして二人は生と死を別《わか》つ隙間《すきま》を奪い合っているのだ。

止水の左脚《ひだりあし》が祐人の胸を貫通《かんつう》する。

止水は祐人の肋骨を砕《くだ》き、内臓を破壊《はかい》する感触《かんしょく》を実感する。

「……!?」

だが止水はそれが祐人の本体ではないことを瞬時《しゅんじ》に理解した。すべてがリアルではあった。しかし、止水は仙氣が昇華《しょうか》する過程で仙氣が実体を持つに至るという術を知っている。

(幻術《げんじゅつ》ではない！　思念体か!?　ここまでの高度な思念体を操《あやつ》るとはなんという男だ！)

胸を貫《つらぬ》かれ血を吐《は》く祐人の顔がスッと通常のものに戻り、胸に脚が刺さった人間では不可能なはずの動きを見せる。

祐人は残像を残しながら体を回転させて倚白をバックブローのように薙いだ。

止水は自分に迫る刀身を睨む。

(その体、その刃は本物ではないな！)

止水は倚白の刀身を見ずに祐人の仙氣を探る。

(そこか！)

止水の瞳《ひとみ》に下方でしゃがみ、こちらに刀を振り上げようとしている祐人が映る。

「ハァァ!!」

止水は繰り出した足を曲げて、体を捻《ひね》る。そして祐人の斬撃を空中で躱し、右腕だけで棍を握り直しながらさらに回転し祐人に踵を落とした。

「ハッ！」

これには祐人が顔色を変え、なんとか倚白の柄で止水の踵を受け止める。

周囲にまたしても衝撃波《しょうげきは》が生まれ、頼りなくなっていた大地がさらに広範囲《こうはんい》に砕ける。

奥義の応酬《おうしゅう》で互いの傷から血液が噴《ふ》き出し、呼吸する間もなく二人は逆方向にはじけ飛んだ。

二人は受け身がとれずに大地を転がるが、すぐに跳《は》ねるように体勢を立て直して再び、接近してぶつかり合う。

「燕止水！　もう止めろ！　闇夜之豹は敗北した。これ以上はもう無駄《むだ》な争いだ！」

「俺《おれ》を燕と呼ぶな！　まだ終わっていない！　この死鳥がいる。俺を止めねば、あそこにいる連中も叩きのめすだけだ！　見ろ、堂杜祐人！」

止水は祐人の突《つ》きを躱しざまに後ろに反転すると、そのまま流れるような動きで仙氣を込めた棍を瑞穂たちに向かい薙《な》いだ。

祐人の顔色が変わる。

「なっ！　瑞穂さん！　マリオンさん！」

止水の棍から放たれる豪風《ごうふう》が大地を破壊《はかい》し、巻き込みながら瑞穂たちに迫《せま》る。

「クッ！　明良、全力で！」

「はい！」

だが辛《から》くも瑞穂と明良の形成した風の二重の防壁《ぼうへき》でこれを防いだ。

先程《さきほど》、攻撃のために掌握《しょうあく》していた風精霊たちのおかげで防御《ぼうぎょ》のための術の発動に余裕《よゆう》が持てたことが功を奏したのだ。

瑞穂はこのレベルの敵と相対した時はどのような状況でも常に精霊の掌握が必要であることをこの一撃《いちげき》で理解する。

瑞穂たちの無事を見て祐人は心底安堵《あんど》すると……体を震わせ倚白を強く握《にぎ》りしめた。

「て、てめえ……」

祐人の唇から犬歯が殺気と共に露わになる。

「貴様の世迷い事に付き合う気などない。この死鳥を殺せぬなら、どうなるかを知れ！」

止水が壮絶《そうぜつ》な笑《え》みを見せた。

「……むう！」

祐人と止水が睨み合い、二人の仙道使いの仙氣が噴き出す刹那《せつな》、志平が咄嗟《とっさ》に大地を蹴《け》って止水と祐人に向かい走り出した。

「もう止めろぉぉ！　止水ぃぃぃ！」


この広場での死闘《しとう》を上空から暗黒の目で見下ろし、嘲笑《あざわら》うようにロレンツァは扇子で口元を隠す。

「百眼たちは敗北したようね……使えぬ男。ククク、では役に立ってもらおうかしら？そこの馬鹿どもが戦っているうちに！」

突然《とつぜん》にマリオンの背筋に悪寒が走り、先ほど衝撃《しょうげき》波で飛ばされた百眼たちへ振り返った。

すると百眼は突如、苦悶《くもん》の表情で涎《よだれ》を垂らし、腹の底から不気味な嗚咽《おえつ》を漏らし始める。

「はぁあ！　ぬぅわぁぁ……ロレンツァ様ぁぁぁ！」

他の闇夜之豹の能力者も同様に気でも触《ふ》れたように呻《うめ》きだす。

この異変に瑞穂たちも気づき、闇夜之豹たちの変貌《へんぼう》を見て愕然とする。

「こ、これは何⁉　この邪気《じやき》は……妖魔《ようま》⁉」

瑞穂たちの目の前で百眼たちの体が徐々《じよじよ》に膨張《ぼうちよう》していき、縄がメキメキと体に食い込んでいく。そしてその食い込んだ縄の周りからどす黒い体液が流れ出した。

「こ、こいつらは人間ではなかったのか⁉　まずい！　こいつらを攻撃しろ！」

明良が四天寺家の従者たちに命令を下す。

だがそれよりも早く百眼たちを縛る縄が弾《はじ》けるように千切れると肩《かた》が異様に盛り上がり、顔すらもゴキゴキと音を鳴らしながら変形していった。

「ハーハッハ！　ああ、可笑《おか》しい。中々、美しくなったわね。さあ、オルレアンの小娘《こむすめ》を！　息さえしてればいいわ！　行きなさい、可愛《かわい》い化け物たち！　そのあとは仙道使いどももも精霊使いどもも、あのガキどもも！　みーんな、まとめて喰《く》らってしまっていいのよ」

ロレンツァはその手に闇夜之豹たちの体内に埋《う》め込まれた認識票《にんしきひよう》と同じものを持っている。

その認識票の一枚には百眼と刻まれているのが見える。するとすべての認識票が端から徐々に薄暗《うすぐら》く色を変えていき……ついには完全に黒く染まる。

目を垂らし、それを見届けたロレンツァは口から赤く長い舌を出し、胸を突き出すように天に向けて高笑いをした。

茉莉《まつり》は聖清《せいせい》女学院の広大な敷地内《しきちない》にある寮《りょう》を出て一人教室に向かった。

目が覚めた後、何故か部屋にじっとしていることが出来ず、結局、登校することに決めたのだ。

静香《しずか》には先に行くね、とだけ伝え、緑豊かな学院敷地内を眺めながら校舎に向かう茉莉。

茉莉はこの時、自分の中にあるフワフワするような、目の前の景色に現実感を覚えず、まるで夢を見ているような不思議な感覚に戸惑《とまど》っていた。

(何かしら……最近の私、変だわ。今日は特に祐人の夢を見てから)

今朝、夢の中に現れた怪我《けが》を負った祐人は妙《みょう》にリアリティーがあり、今も茉莉の胸をモヤモヤさせている。

(祐人……夢の中の祐人はすごくイライラしているようだった。自分にとって許せないことが重なって、何とかしようと考えているのに思うようにいかなくて……え?)

ハッとしたように茉莉は歩みを止めて、胸の辺りに右手を添《そ》える。

「祐人⁉　また祐人が！」

茉莉の頭の中で突然に映像が弾けた。

一瞬《いっしゅん》ではあったがその映像には祐人だけではない、様々な人の姿が見える。

その中には知っている顔もあった。

瑞穂やマリオンも見えたのだ。

しかもその二人の表情は驚愕《きょうがく》と恐怖が混じりつつも、何かに立ち向かうような顔だった。

そして……祐人の前に立ち、祐人に劣《おと》らぬ重傷を負いながらも鋭《するど》い眼光で棒のようなものを持った男性。

その鋭い眼光は茉莉からはとても悲しく、不器用な決意が込められているように感じられる。

「つうっ！」

激しい頭痛に茉莉はその場に片足をつく。

まるで数百メートルを全力疾走《しっそう》した後のように息も荒《あら》くなった。

すると……背中で息をする茉莉の体を包むように僅《わず》かな光が出現する。

茉莉は体を震《ふる》わせ、潤《うる》んだ目をあらぬ方向へ向けた。

「祐人……冷静になって。それ以上のすれ違《ちが》いは……ダメ」

◆

祐人は今、怒《いか》りに打ち震えていた。

目の前にいる止水が瑞穂たちに攻撃を加えたことが許せない。

瑞穂と明良が上手《うま》く防御してくれたからいいものの、一歩間違《まちが》えれば瑞穂もマリオンも明良も死んでいたかもしれないものだった。

祐人は倚白を握りしめ、歯ぎしりをする。

そして止水を睨《にら》みつけながら自分の考えを改めていく。

当初、止水は志平たちのために仕方なく闇夜之豹に従っていると思っていた。

こうやって自分と死力を尽《つ》くして戦っているのにも何か理由があると思っていた。

だが……、

(こいつはすでに志平さんたちを捨てていたのかもしれない。今はただ、金のために依頼をこなすだけの死鳥としてここにいるのか。であれば、こいつは言った通り、僕《ぼく》を退けた後、全員に攻撃を仕掛《しか》け、マリオンさんを攫《さら》っていくつもり……)

全神経を止水に集中させている祐人の身体から禍々《まがまが》しいほどの殺気が漏れ出していく。

その祐人の姿を見た止水は棍を握る右腕で口元を隠《かく》し……ニヤリと笑った。

突如、止水から全力の仙氣が噴き出す。

この時、この二人に走り寄る志平は顔を青ざめさせた。

志平には分かるのだ。

次に繰《く》り出すだろう止水の捨て身の攻撃が。

もう祐人に止水を自分の前に連れてくる余裕も気持ちもなくなったことが。

そして……次の一撃で決まってしまうことが。

志平は腹の底から声を振り絞った。


「止めてくれぇぇぇぇ――!!」


止水が、祐人が動く。

互いに動くのは右腕一本。

「ハアアァァァァァァッ!!」

止水が全身全霊《ぜんしんぜんれい》の棍を突き出す。

強力な止水の仙氣を吸った黒塗《くろぬ》りの棍は長さだけでなく大きさも数倍に膨《ふく》れ上がり、その先端《せんたん》は祐人の上半身ほどの大きさにまでなった。

「ぬううぅ!!」

それに対し祐人は回避《かいひ》が間に合わず、全力で倚白を繰り出し神速の巨大《きょだい》な棍を正面から受け止める結果になった。

だが……祐人の身体は倚白ごと粉砕《ふんさい》され、全身の骨という骨が砕け散る。

志平は愕然《がくぜん》とし、祐人が山林に吹《ふ》き飛ばされるのを目で追う。

「ひ、祐人ぉぉぉぉぉぉ！」

志平は呆然《ぼうぜん》として止水に目を移すと、そこには……。

笑みを零《こぼ》している止水がいた。

「……え？」

その止水の笑みは、かつて嵐《あらし》の中、お腹《なか》を空《す》かした子供たちのために獣《けもの》を捕りに出て行こうとした時の笑みに似ていた。

いや、それだけじゃなく満足気で、優し気で……それでいて安らかな笑みだ。

その止水がこちらを見たような気がした。

気のせいかもしれない。

この戦いは一瞬のものだ。

そんな時間はないはずだった。

だがそれどころか、その止水が自分に話しかけてくる。いや、正確には止水は言葉を発していない。そのように止水から志平の心に聞こえてくるだけだ。

〝志平、お前は自分が思っているよりも立派に成長した。もう一人前と言っていい。だから、子供たちを頼《たの》んだぞ。玉玲はまだまだ幼い。夜は一緒に寝てやってくれ。我《わ》が誇《ほこ》りの弟……志平〟

志平が目を大きく見開いた。

「止水……何故《なぜ》、そんなことを……今……」

「そして見事だ！　堂杜祐人！」

志平は言葉を遮《さえぎ》られ「え？」と止水に目を向けると止水の背後に人影《ひとかげ》を見た。

止水の背後に忽然と現れた祐人は強烈《きょうれつ》な殺気を内包した目で止水を見下ろし、倚白を振りかぶる。

志平には先ほど吹き飛んだはずの祐人が何故、そこにいるのか分からない。だが、止水はもう決着がついたというように祐人へ顔を向けることもなく志平を見つめている。

祐人は感情を持たない冷たい目で止水の背を睨んだ。

倚白が止水の脳天に振り下ろされた。

止水をこの世から消し去る倚白の刃《やいば》が止水に迫る。

——その時である。

〝駄目《だめ》よ!!〟

耳にではなく意識に直接、もたらされるような言葉に祐人は目を見開いた。

(これは……茉莉ちゃんの声⁉)

〝祐人、その人をもっと見てあげて! いつもの祐人なら分かるはずよ。その人の想《おも》いが!その不器用で悲壮《ひそう》な決意が!〟

「これは⁉」

「ぬ⁉」

茉莉の声が聞こえたかと思うと同時に凄まじい霊力《れいりょく》を含《ふく》んだ一陣《じん》の風が上空から祐人と止水を包みこむ。

そして……その強くも柔《やわ》らかい風は止水と祐人を繋《つな》げていった。

今、祐人の目の前に止水が立っている。

「ここは……?」

周りには何もない。

空も大地もない空間で祐人と止水はただ向かい合っていた。

だが、不思議なことに不安や不自然だとは感じない。

むしろ、気持ちが穏《おだ》やかになっていくのを祐人は感じていた。

止水も自分に何が起きたのか分からないように呆然としている。

祐人と止水は状況《じようきよう》が掴《つか》めないまま目を合わせた。

「はっ！」

「むっ！」

祐人と止水は瞼《まぶた》を大きく広げた。

何故ならば互いに目を合わせた途端に祐人の中に、止水の中に、相手の心の断片《だんぺん》や考えが、そして、想いが伝わってくるのだ。

——燕止水
自分は悪党のまま、そして死鳥として死ぬことを目指していた。
それがすべてに対しての最良の手だと考えたのだ。
自分さえ死ねば自分を利用する闇《やみ》はきっかけを失い、志平たちや子供たちに関《かか》わろうとは思わない。結果、それが皆《みな》を守ることになる。

だが目に見えて手を抜《ぬ》いて死ぬことはならない。

それに怒り、感情的になった闇夜之豹の報復が志平たちに向かう恐《おそ》れもある。そして、志平たちが自分たちのために死んだと分かればいらぬ悲しみを与《あた》えてしまう。

まっすぐな志平のことだ。恨《うら》みに囚《とら》われて、かたき討《う》ちなどと馬鹿な考えを起こすこともあり得る。

それだけは許してはならない。

そんな人生を止水は子供たちに望まない。

それは自分が子供の時にスラム街で己《おのれ》の生まれや境遇《きょうぐう》を恨んだのに等しいのだ。

その生き方の先に思思の望んだものはないと今の止水には分かる。

だから自分は死鳥として死なねばならないのだ。

悪党として死ねば志平たちが気にすることも心を痛めることもない。

ただ……できれば残した可愛い弟と子供たちにほんのちょっとの夢と希望を与えたい。

忍《しの》び寄ってきた闇夜之豹から国籍《こくせき》やお金を搾《しぼ》り取ったのはそのためだ。

それで子供たちの得られなかった教育を得ることも可能だろう。

だが問題は死鳥として死ぬには強敵が必要だということだ。

殺されてやるにしろ、せめて全力の自分を受け止めて倒《たお》したと周りが思えるほどの実力者が欲《ほ》しい。しかしそのような相手など中々、出会えるものではない。

まさか今回の依頼《いらい》でランクＳ以上の能力者などと相対できる幸運などないだろう。

そこで自分は二番目の手段として世界能力者機関に目をつけた。

戦いの中のどさくさで機関と闇夜之豹の間に火種を撒《ま》こうと考えたのだ。

闇夜之豹が強力な組織だとしても機関ほどのものでもないだろう。

聞けば依頼の目標は機関に近しい四天寺家に身を寄せているという。

であれば機関が出て来ざるをえなくし、引けなくなるほど挑発《ちょうはつ》するのだ。

そういう理由から首謀者《しゅぼうしゃ》が闇夜之豹であると分かるように証拠《しょうこ》を残させた。密《ひそ》かに認識票などの機能を狂《くる》わせたのはそのためだった。

それで本気になった機関に伯爵《はくしゃく》なる者と共に闇夜之豹を潰《つぶ》してもらう。

いや、共倒《ともだお》れでも構わない。

この混乱に乗じて志平たちが逃《に》げられればそれでいいのだ。

その後、どのような形で終息しようとも機関や中国は怒りの矛先《ほこさき》を必ず探すだろう。

あとは簡単な話だ。その矛先を自分に絞らせればいい。

自分はただ双方《そうほう》の追手に無様に小悪党として殺されてやればいいのだ。

この時にはわざと手を抜いて死んでも問題はない。

たとえ志平たちに調査が及《およ》んだとしても、何も知らなかった貧しい子供たち、で終わるだろう。これですべてが解決する。

しかし……実は一つだけ自分にも最後の望みがあった。

もし叶《かな》うならば……死鳥だろうが小悪党だろうがどうでもいい。名も墓もいらない。

自分は全力で戦って死にたい。

理由は自分でも分からない。

ただ何も考えず、何ものにも囚われず燃《も》え尽きるほど戦って自分の生を終わらせたかった。

だがもう自分が何かを望むのはおこがましいのかもしれない。

機関と闇夜之豹の戦争後、どちらかの追手に自分の最期《さいご》を委《ゆだ》ねよう。

もうそれしかない……そう考えていた。

ところが、だ。

自分は出会ったのだ。

己の最高の望みを叶えてくれる可能性を持った相手に。

その相手こそが堂杜祐人という少年だった。

それが分かった時、自分は心の中に湧《わ》き上がる喜びを抑《おさ》えられなかった。

だから自分は思わず少年を前にして知らずと笑みを溢《こぼ》したのだった。


祐人は目を見開いた。

祐人は相手の心と想いの断片を瞬時に理解する不可思議な現象に戸惑う。

「し、止水……あんたは……」

今、祐人はようやく止水と初めて相対した時の止水の笑みの意味を理解した。

そして——それと同じことが止水にも起きていた。

祐人の過去の壮絶な戦いの遍歴《へんれき》。

母親、かけがえのない戦友、そして……最愛の女性。

そのすべてを失ってもなお、前を向き、現在の仲間と友人たちを大事に想い、その繋がりを持ち続けようとする決意。

堂杜祐人という少年は逃げない。逃げるという選択肢《せんたくし》を捨てている。

生きてこそ濯《すす》がなくてはならないのだ。

自分の罪はこれからの生き様でしか贖《あがな》えないと心に刻んでいる。

それが堂杜祐人という人間を構成する心と想い。

それに止水は触れた。

「これは一体……堂杜祐人、それで志平と俺に強く拘《こだわ》ったのか……」

祐人と止水は互いの目を見つめる。

だが、互いの瞳の中にはもう敵意はなかった。

今、二人が引きこまれている、このような状態。

これには二人にも覚えがある。

それは達人同士が極限に集中力を高めて相対した時にのみに起きる〔ゾーン〕と呼ばれる存在だ。

命を懸《か》けて戦った者同士が僅か一瞬の間に数々の会話をしていたり、聞いたはずはない相手の情報を知ってしまう現象。

スポーツで起きるボールや人が止まって見える、こちらにボールが来ると分かっていた、というものや、囲碁《いご》や将棋《しょうぎ》、チェスなどで始める前から勝ち筋が見える等々、科学では説明のできない確信や自信を持つ現象の上位互換《ごかん》ともいえる。

それらの経験を二人はしたことはあったが、ここまでのものは初めてだった。

「止水……あんたは不器用すぎるよ。あんたは燕止水であるべきだ。死鳥なんかじゃない。思思さんの言った鴻鵠《こうこく》の燕止水になるべきだよ！　あんたはここで死んでは駄目だ！」

「堂杜祐人……お前はお節介《せっかい》が過ぎる。だが、そうなるだけのものがお前にもあったのだな。お前の背負うものは重く、そして辛いな。それでいて、お前は俺と違い……」

「燕止水、僕を信じろ。志平さんと話をしてやってくれ。その後に決まったことなら僕は何も口を挟《はさ》まない。そして協力だって惜《お》しまない」

「そうだな、それもいいのかもしれん。だがもう遅《おそ》い。そのお前の振り下ろした刃は止められまい。気にするな、そのまま終わらせてくれ。俺の生は呪《のろ》われていたんだ。そして依頼と称《しょう》し、それだけのこともしてきた。社会の暗部に身を置くしか知らなかったこの俺の呪いはいつまでも付きまとう。だがこの呪いは俺だけのもの。志平たちにだけは触れさせはせんよ」

「まだ分からないのか……！　あんたの呪いはとっくに解けていたんだ！　燕の姓《せい》を名乗ったその時から！」

「……ッ！」

この祐人の言葉に止水はハッとする。

「見ていろ！　あんたを死なせて楽にはさせない。生きて荷物を持ちながら苦労してみせろ！」

祐人の視界に止水の背が戻った。

祐人は渾身《こんしん》の力で振り下ろした倚白の刃を睨みつける。

時間はコンマ以下の一瞬。一度、放った刃を止めるのは容易なことではない。

祐人は犬歯を露《あら》わにし、強引《ごういん》に自分の右腕に命令を下す。

「ぬああああああ!!」

祐人の右腕が悲鳴を上げて、筋肉を繋ぐ数本の筋が断裂《だんれつ》する音を上げた。

これに止水はまるで息を合わせるようになけなしの仙氣を振るう。そして出来る限りの力で祐人の倚白の軌道《きどう》から逃《のが》れようと動いた。

直後……倚白の刃は地面を叩《たた》き、大地を切り裂《さ》いた。

志平は激しい衝撃風を受けながらも両腕《りょううで》で顔を庇《かば》い、足を止めずに二人に走り寄る。

「止水！　祐人！」

視界を奪《うば》う土煙《つちけむり》の中で志平は叫《さけ》びながら二人の姿を必死に探した。

やがて、視界が開けてくる。

そこには……大地に倚白を突き刺《さ》す祐人とその横に倒れている止水がいた。

「あぁあ……止水！」

志平が涙《なみだ》目で倒れている止水の横で膝《ひざ》をついた。

「し、死なないで、止水！　これからだってもっと教えてほしいことが……いや違う！　一緒《いっしょ》にいてくれるだけで！」

志平の眼から大粒《おおつぶ》の涙がポタポタと地面に落ちる。

「……泣くな、志平。大の男が泣くな。良い男が台無しだ、志平坊……と、思思なら言ったろうな」

「え⁉　止水！」

止水が無事であることが分かり、志平は目を大きく見開いた。

「兄さん……止水兄さん！　ふざけんなよ！」

握力《あくりょく》を失った右手から倚白を落とし、祐人は止水に近づき止水を見下ろす。

「あとは二人で話し合って決めなよ、燕止水」

「ああ……そうすることにしよう」

「じゃあ、僕はまだやることがあるから行くよ」

祐人のセリフに志平は驚《おどろ》く。

「え、どこに？　祐人」

「あの妖魔化している連中を……倒す！　あの術には見覚えがあるんだよ。先ほどの女呪《じゅ》術師《じゅつし》の仕業《しわざ》だろう。ちょうどいいから、そいつも叩きのめす。聞きたいこともあるし、それで……今回のすべての依頼が完遂《かんすい》だ！」

祐人の睨む先に志平も目をやると……そこには体が異常に膨張し、化け物のように変形していく闇夜之豹たちが蠢《うごめ》いていた。

「あああ、あれは何だよ！　大変だ、あそこの地下にうちの子たちが！　た、助けないと！」

「志平さん、大丈夫《だいじょうぶ》。約束したでしょう？　安心した生活が手に入るまで僕が助けるって」

「何を言ってんだよ！　そんなボロボロの状態であんな化け物と戦えるわけが……！」

するとと祐人の横で体を震わせ同じくボロボロの止水が立ち上がる。

「助成しよう、堂杜祐人」

「はーん!?　何を言ってるんだよ、止水！　そんな体で……」

二人の仙道《せんどう》使いは互いに目を合わすと……ニヤッと笑った。

「無理しないでいいよ、燕止水。あんたはここで志平さんと見ててくれ」

「お前こそ無理はするな。お前ひとりですべてはカバーできまい。それに俺はあそこにいる俺の弟と妹たちを救いに行くだけだ」

「ははは……じゃあ、頼もうかな、期待はしないけど」

「最初からそう言え、堂杜祐人。それと頼み方に礼を失しているな、改めろ。そんな奴《やつ》に関わられたら志平たちの教育に悪い」

「は！　悪かったね、今後は気をつけるよ！」

そう言うや、二人は志平をその場に置き、戦闘《せんとう》が始まった瑞穂たちのところへ走り出す。

「ちょっ！　この……大馬鹿野郎《ばかやろう》ども！　お前らさっきまで本気で殺し合ってたくせに！

仙道使いは糞ばっかだ！」

祐人と止水は志平の悪態を背中に受けても、走る速度は全く落ちなかった。

◆

二人の仙道使いの決着の数分前、聖清女学院の敷地内で一悟が大きな声を上げた。

「やっぱりな！　絶対に朝一で来ると思ってたわ！　何か細工しようとしても駄目だからな、嬌子さん」

一悟が瑞穂とマリオン……いや、瑞穂とマリオンの姿をしたサリーと嬌子の前で腕《うで》を組み仁王《におう》立ちをしていた。

「えー、失礼ねぇ、一悟は～、楽しみで早く来ただけなのに～。ちょっと色々と準備を……」

「私もですー。ここは学食がすごいって聞いたのでちょっと早く来たかっただけですー」

「俺は騙《だま》されないから！　それとこんな朝から学食はやってないよ、サリーさん！」

一悟は前回の経験から、いち早く準備をしてこの道で待ち伏《ぶ》せをしていたのだ。

正直、こんなことはしたくはなかったが意外と律儀《りちぎ》に友人の頼みを聞いてしまう性格と主に自分のために頑張《がんば》っていたりする。

ブーブー言っている嬌子とサリーを連行し、二人を見張りながら歩く一悟は今後のことを考えて頭が痛くて仕方がなかった。

「まったく、それにしても俺は違うクラスだからなぁ、この二人をどこまでフォローできるか……って、うん？　あれは……白澤《しろさわ》さん！」

前方の道の真ん中で座《すわ》り込んでいる茉莉に気づき、一悟は驚いてしまう。

「あららん？　あの子は昨日いた……」

「はいー、調子悪そうですー」

一悟たちは座り込む茉莉に走り寄り、肩に手をかけた。

「どうしたの、白澤さん⁉　うわ、すげー汗《あせ》！　なんかやばいな、えっと保健室はこの時間に開いているのか？」

茉莉は明らかに辛そうで息も荒い。

　一悟は一旦《いったん》、寮に連れて帰った方が良いかと考え、茉莉に肩を貸すようにして立ち上がらせようとした。

「ちょっと、この子……サリー」

「はいー、明らかに霊力を出してますー。しかも結構な量ですよー」

「こんなところで覚醒《かくせい》したのかしら？　あまりに強い霊力に体が驚いているのね。一悟、待ちなさい」

「え？　でも」

「いいから。とりあえず、あそこのベンチに寝《ね》かしてくれる？　私が診《み》るわ」

「わ、分かった」

　一悟は苦し気な茉莉を抱《だ》き上げて嬌子に言われた通りにベンチに運び、横たえる。

　茉莉は虚《うつ》ろな瞳であらぬ方を見つめていた。

　嬌子はベンチの前でしゃがみ、茉莉の額に手を添えると一悟は嬌子の後ろから心配そうに茉莉を見下ろした。

　マリオンの姿をしていた嬌子は元の姿に戻《もど》り、長い黒髪《くろかみ》がフワッと浮《う》く。

　嬌子は目を閉じ、茉莉の中で暴れまわる霊力を落ち着かせていった。

「これは驚いたわ。この子、白澤《はくたく》の血統なのね。しかも、こんなに色濃《いろこ》く白澤《はくたく》の力が出てくるなんて……もう大分、その血も力も薄《うす》れているはずなのに」

「はくたく？　それって何なの？　嬌子さん」

「うーん、一悟には関係のないことよ。言っても分かりづらいだろうしね。まあそうね、簡単に言うと物事の本質を見抜《みぬ》く力が強い血筋の人たちよ」

「それって……まさか白澤《しろさわ》さんも能力者ってこと？　しかもその説明だと新しいタイプの戦争を超《こ》えられる人類みたいでかっこいいじゃん！」

「そうねぇ、そうとも言えるのかしらねぇ。まあ、白澤《はくたく》は元々、人間じゃ……」

「うおい、嬌子さん！　俺にもないの!?　なんかこう……覚醒して隠されたすげー力が出てくるとか、異性を惑《まど》わすようなすんごいオーラを出すとか!?」

何故か興奮しだす一悟。

「あんたは間違いなく一般人《いっぱんじん》よ、安心しなさい」

「……」

「あ、意識が戻りそうですー」

茉莉は徐々に呼吸も落ち着き、視線を嬌子たちに移す。

「あ……私どうして、ハッ！」

起き上がろうとした茉莉がまたしても顔色を変えた。

「また⁉　サリー、あなたも力を貸して！」

「はいー！」

茉莉はカッと見開くと全身から大量の霊力が噴《ふ》き出し、栗色《くりいろ》の髪《かみ》が浮きだした。

そして上方に顔を向け、遠くを見つめるように言葉を紡《つむ》ぐ。

その声は口から聞こえるようではなく、頭の中に直に響《ひび》いてくるような不思議なもので、威厳《いげん》すらも感じる声色《こわいろ》であった。

『駄目よ‼　祐人、その人をもっと見てあげて！　いつもの祐人なら分かるはずよ。その人の想いが！　その不器用で悲壮な決意が！』

「大丈夫⁉　白澤《しろさわ》さん」

「一悟はさがってなさい！」

嬌子の横に瑞穂の姿を解いたサリーが並び、茉莉の乱れる霊力を宥《なだ》め、流れる道を示すように落ち着かせていった。

茉莉から生じた突風《とっぷう》を受け、目を細めていた一悟もようやく目を開ける。

見れば茉莉は糸が切れるように眠《ねむ》っていた。

「ふうー、もう大丈夫よ。助かったわ、サリー。でもこの子……今、私たちを利用したわね。一体、何が見えて、何を伝えようとしたのかしら……」

「私も驚きましたー。私たちと祐人さんとの繋がりを使ってすごい霊力を送っていました。でも優《やさ》しい霊力でしたー」

二人は互《たが》いに目を合わせると茉莉の霊力が飛んでいった方向に顔を向けた。

「まあ、悪いものではなかったし大丈夫でしょう！　それにしても、この子は要注意ね。黒髪と金髪《きんぱつ》の子にも注意してたけど……」

「はいー、祐人さんに対する気持ちがあからさまに伝わってきました」

「ふふふ、サリー。今回の私たちとの遊び相手のメインは……」

「はいー、この子に決定ですー！　ふふふ」

「「ふふふ……」」

その微笑《ほほえ》む嬌子とサリーの後ろでは顔面蒼白《そうはく》でガタガタと体を震わす一悟がいたりするのであった。

第2章　呪いの劣等能力者

「こ、こいつら！」

「瑞穂《みずほ》さん、この妖気《ようき》はもう人間の部分が隠れてしまって、もはや妖魔そのものとしか感じられません」

「瑞穂様、仕方ありません！　苦労して捕縛《ほばく》はしましたが、これではこちらが押《お》し切られます！　死鳥《しちょう》の人質《ひとじち》に何かあったら元も子もありません」

人間の面影《おもかげ》は完全に消え、奇声《きせい》を上げながら迫《せま》ってくる元闇夜之豹《あんやのひょう》の能力者たちに瑞穂たちは攻撃《こうげき》を加えてはいるが、初手で中途半端《ちゅうとはんぱ》な対応をしてしまい、今、状況が悪い。

その理由としては彼《かれ》らが人間である可能性を否定しきれないためであった。

完全に捕縛し、戦闘能力を失ったはずの人間に攻撃を仕掛けるのを一瞬、ためらってしまったのだ。

そのため巨大化《きょだいか》しながら妖魔化した闇夜之豹たちは完全に自由を勝ち取り、近距離《きんきょり》からの攻《せ》めを受けることになってしまった。

「仕方ない、やるわよ！」

（でも、この近距離では大技《おおわざ》も使いにくいし、こちらには子供たちもいるわ。一旦、引くことも出来ない）

瑞穂は対応が後手に回ったことに内心、舌打ちするが、ここは力で押し返さなければならないと切り替《か》える。

ところがこの直後、四天寺《してんじ》従者の一人に妖魔《ようま》が二体張り付いたため、むしろ敵に力技で押し切られた。

「うわ！」

「ハッ、しまった！　明良《あきら》！」

「瑞穂さん、私が行きます！」

「マリオンは駄目よ！　あなたは下がってなさい！　あくまで敵の狙《ねら》いは……」

瑞穂の指示が届く間もなく、後方から全員の防御《ぼうぎょ》に専念していたマリオンが前面に走り出す。

（ククク、待っていたわよ……この時を！）

マリオンが前に出ると突如《とつじょ》、地面が黒くぬかるみだしマリオンの両足を重くさせる。

「こ……これは！」

地面の異変に驚き跳躍《ちょうやく》しようとするが、黒い土はマリオンの足を放さないどころか、より絡《から》みつき動きを取らせない。さらにはまるで生き物のように足から這《は》い上がり上半身にも絡みついていく。

瑞穂たちも妖魔に対応しているために遅《おく》れてマリオンの異変に気付いた。

するとその地面から嫌悪《けんお》感を覚える女性の声が響いてくる。

「フフフ、この子は頂いていくわ……お前らはせいぜい、その化け物たちと遊んでいなさい」

身動きの取れないマリオンの背後に口元を扇子《せんす》で隠し、眦を下げたロレンツァが現れた。

突然《とつぜん》、姿を現したロレンツァに瑞穂たちは目を剥《む》いて驚く。

「おまえは!?　マリオンを放しなさい！」

「ククク、この娘《むすめ》は大事な贄……妖魔たちと共存する世界を創造するのに必要なのよ。今、あなたちが遊んでいるその子たちのように全員が平等で争いのない世界のために」

「……贄？　こ、こいつ、何をとち狂ったこと言ってるのよ！」

「瑞穂さん、攻撃してください！　この人から人間とは思えない凄《すさ》まじい邪気《じゃき》を感じます！　しかも、これは法月さんのところで感じたものです」

「え!?　じゃあこいつが今回の呪詛《じゅそ》の……！」

「黙《だま》りなさい、忌《い》まわしい小娘《こむすめ》！」

マリオンはロレンツァの扇子で頬を叩かれ唇《くちびる》を切るが、目には力をさらに込めた。

「クッ……！」

「瑞穂さん！　こいつはここで私を殺せません！　早く攻撃して……！」

マリオンが叫ぶように口を開くとマリオンの喉元《のどもと》にロレンツァが扇子を置く。

「黙れ、と言っているのよ、小娘。別にお前は息さえしていればいいの。お前の声帯を潰そうが、手足の靭帯《じんたい》をすべて切断していてもこちらは構わないのよ」

「や、やめなさい！　あんたの目的は何なのよ！」

「では、この子は頂いていくわ。ごきげんよう、四天寺の精霊《せいれい》使いたち。次に会う時はきっとお仲間よ。特にお前たちは今回のご褒美《ほうび》に私たちの先兵として働かせてあげるわ。ククク、ハハハ！　アズィ・ダハーク様も喜ばれるでしょう！　お前たちはその体が崩壊《ほうかい》するまで戦いながら、この下らない世界の変革を見届けるがいい！」

「逃さないよ」

「……ッ!?」

突如、背後から聞こえてきた声にロレンツァはギクッとする。

直後、ロレンツァの横腹に強烈な衝撃《しょうげき》が走った。

空気が弾《はじ》けるような衝撃音《しょうげきおん》と同時にロレンツァはその場から吹き飛び、低空で滑空《かっくう》すると受け身もとれずに大木に衝突《しょうとつ》する。

「フグァ！」

ロレンツァはあばらをへし折られ、白目を剥き口元から血を吹き出した。

すると、これに驚く瑞穂たちの横から冷静で淡々《たんたん》とした声が上がる。

「こちらは任せろ……堂杜祐人《どうもりひろと》」

途端《とたん》に瑞穂たちが何とか突進《とっしん》を抑えていた妖魔たちの体の中央に大きな穴が開き、さらには拉《ひしゃ》げるように脳天から叩き潰された。

「……え？」

あまりの急展開に瑞穂もマリオンも現状認識《にんしき》が追い付かず、自分たちの前に忽然《こつぜん》と現れた二人の仙道使いに目をやる。

マリオンの拘束《こうそく》が解け、絡みつく黒い土は大地に戻った。

「祐人さん！」

マリオンは振《ふ》り返りながら祐人の名を呼ぶ。またしても自分を助けてくれた少年に抱きつきたい衝動《しょうどう》にかられるが何とか自制した。

何が起こったのかと明良も呆然とし、目の前に現れた祐人……そして、もう一人の仙道使いに明良は目を大きくした。

「お前は死鳥《しちょう》！　何故、死鳥までが⁉」

「俺《おれ》は……燕止《えんし》水《すい》だ。もう死鳥ではない」

「は？」

止水の言いように瑞穂とマリオンも明良と同様に呆《ほう》けてしまうが、徐々《じょじょ》に止水の説得に祐人が成功したのだろうと理解し始めた。

すると、二人のあまりのボロボロな姿に瑞穂たちは驚く。

全身傷だらけで各所が血で赤く染まり、二人とも左腕《ひだりうで》をダラリと下げ、止水はなんとか右腕《みぎうで》で棍を握《にぎ》ってはいるが、祐人に至っては愛剣《けんい》倚白《はく》すら持てる状態ではないようだった。

祐人の右腕は表面の傷だけではなく、内出血で広範囲《こうはんい》に黒い痣《あざ》のようなものが広がっている。厳密にどのような状態か分からなかったが、祐人は握力を失いかけていて倚白を持っていないのだと悟《さと》る。

「祐人、大丈夫なの⁉　ちょっと……これは！」

「ああ、祐人さん、祐人さん！　あれほど無理はしないでくださいって……」

顔を青ざめさせる瑞穂と涙を浮かべてしまうマリオン。

止水は残った蠢く妖魔を牽制《けんせい》するように棍を構える。

今、正面にいる妖魔はかつて百眼《ひゃくがん》と呼ばれていた男の成れの果てだった。

「堂杜祐人、ここは俺に任せて、あの呪術師の女を」

「分かった。瑞穂さんたちはここをお願い！　種を植えられてここまで妖魔化してしまったこいつらはもう元には戻せない。せめて、ここで終わらせてあげて」

「え？」

「種？　もしかして認識票《にんしきひょう》のこと？」

「後で説明するよ！　燕止水を前面に出してフォローをお願い！　僕《ぼく》はあいつを！」

「ちょっと待ちなさい、祐人！　そんな体で……って、この馬鹿《ばか》ぁぁぁ！」

「祐人さん！　後で絶対、説教ですからぁぁ！」

ロレンツァに向かい颯爽《さっそう》と走り出す祐人の背中に瑞穂とマリオンの怒《いか》りと呆《あき》れが入り混じった叫び声《ごえ》が叩きつけられた。

その背後では止水が鼻を鳴らし「……やるぞ」とだけ言うと、残った妖魔たちに突撃《とつげき》をしかけた。

「あんたが今回、日本の資本家たちに呪詛をしかけてきた呪術師だね」

意識がようやく戻ってきたロレンツァに祐人が確認《かくにん》した。

「グゥ……こ、小僧《こぞう》、この私に！　この私にぃぃ！」

ロレンツァは自らの体で倒した大木の幹の根元で自分を見下ろす祐人を睨《にら》む。

「動くな。あんたには聞きたいことがある」

「何を小僧ごときが生意気な…………うっ！」

祐人の眼光から強烈《きょうれつ》な威圧《いあつ》を受け、ロレンツァは口を閉ざす。

「別にここですぐに終わらせてもいいんだよ、答える気がないのなら」

祐人の静かな口調がむしろロレンツァに恐怖心《きょうふしん》を与える。だがロレンツァはそれを無理やり押し込めると無理に作った余裕《よゆう》の笑《え》みを見せた。

「何を聞きたいのかしら？　坊《ぼう》や」

「そうだね、まずその前に呪詛を解いてもらうか。今回、あんたが呪ったすべての関係者の」

「ククク、それは無理ね……私の呪詛は一方通行。私をここで殺しても呪詛は残るわ。呪いを解きたいのなら闇夜之豹の本部にある祭壇《さいだん》を破壊《はかい》することよ。大国の防衛網《ぼうえいもう》と私たちが構築した結界、そしてあらゆる侵入者《しんにゅうしゃ》に対して対応出来る闇夜之豹たちを突破《とっぱ》してね」

「ふむ……やっぱりそうか。それもあり得るとは思っていた。分かった、そうするよ」

祐人の淡々とした応答にロレンツァは憎《にく》らし気《げ》に臍《ほぞ》を噛《か》むが、それを無視するように祐人は口を開いた。

「じゃあ、質問だけど聞きたいことは二つ。一つはマリオンさんを攫《さら》って何をするつもりだった？」

この問いに対しロレンツァは不敵な笑みだけを見せて答えなかったが、祐人はそのまま二つ目の質問をする。

「もう一つは、その妖魔の力を取り込んだその体……その術はどこから学んだ？」

「それを聞いて、坊やはどうするつもりかしら？　まさかあなたも妖魔の力を……」

「異界との繋《つな》がりがお前らにはあるのか？　と聞いているんだ。魔界《まかい》との繋がりが」

「……っ!?」

祐人の思わぬ質問を受け、ロレンツァの顔に驚愕《きょうがく》の相が見える。

「どうやら、あるようだね。ということは、スルトの剣《けん》ともお前らは繋がっている可能性が高いわけだ。ロキアルムとかいうやつも妖魔の力を取り込んでいたからね」

「な！　何故《なぜ》、お前がそれを!?」

「質問をしているのはこちらだよ」

「……ヒッ!?」

祐人から発せられる身を砕《くだ》くような殺気にロレンツァは小さな悲鳴を漏《も》らす。

「誰《だれ》から学んだ？　もしくは誰に施《ほどこ》された？　いや、これも違《ちが》うかな……どの魔神《まじん》と通じている、かな？」

「おお、お前……お前は一体」

（何者なの!?　この小僧が何故、異界の魔神の存在まで知っている!?　この小僧は……まずいわ。生かしておけば我らの最大の障害に……っ！）

突然、祐人がロレンツァの顔の真横に前蹴《げ》りを放つ。

その蹴りは大木の幹に膝下《ひざした》ぐらいまでめり込んだ。

「……答えろ」

全身から冷《ひ》や汗を流しながらロレンツァは必死に頭を回すが、祐人の鋭《するど》い視線を受けて息が止まる。

「悪いけどお前の態度によっては……穏便《おんびん》に済ませる気はないよ」

ロレンツァはしばらくの時間、祐人を睨み返すとニヤリと口角を上げた。

「私たちは……敬愛する盟主に従っているだけよ」

「盟主？　そいつが、お前らと関係する魔神か？　どこにいる？」

「ここにはいないわ」

「ここにはいない、ね。ここ、とは……この世界のことか？　ということは、お前らがマリオンさんを攫う理由はこの世界にその盟主を召喚《しょうかん》する気か！」

「ええ、あの小娘の血を贄にしてね、ククク」

「お前らは……生贄《いけにえ》に人質、そして、呪詛……どこまで腐《くさ》って」

贄……という言葉を聞くと祐人が鼻白む。

「あら、召喚に触媒《しょくばい》が必要なのは当然のこと。召喚する相手が強大なら強大なだけ、より価値のある触媒が必要。あの小娘はそれに選ばれたのよ？　この世界を変える贄として！　こんなに光栄なことはなくてよ⁉」

「て、てめえ……」

祐人は歯を食いしばり、体を震《ふる》わす。

祐人はかつて魔界でその魂《たましい》を災厄《さいやく》の魔神《まじん》に囚《とら》われた戦友たちと……藍色《あいいろ》の髪をした少女の姿が脳裏《のうり》に浮《う》かぶ。

それは祐人にとってかけがえのない人間たち……。

今回、祐人が志平《しへい》や止水に拘った理由もここにあった。

生贄、人質……祐人にとって最も許せない、決して見過ごすことが出来ないものだ。

（こいつらは瑞穂さんたちの友人には呪詛にかけ、さらには子供たちを人質に燕止水を利用し、マリオンさんを生贄にしようとしたというのか！）

ロレンツァは感情を高ぶらせていく祐人の姿を見てニヤリと笑う。

「そう！　我らが盟主アズィ・ダハーク様の降臨のためにね！」

「なっ！」

「やはり知っているようね、小僧！」

祐人はその名を聞き、あまりの驚きで目を見開き硬直《こうちょく》した。

するとこれをロレンツァは狙っていたかのように闇夜之豹たちの黒く染まった認識票を素早《すばや》く取り出す。

「む！」

「ククク、では帰らせてもらうわ」

「何を！　逃すわけ……」

「あら、早くしないとあそこにいる連中、全員、死ぬわよ？」

するとロレンツァの左手から垂らされている闇夜之豹たちの黒い認識票がチカチカと光を放ちだす。

「それは……!?」

「あいつらが役に立つのは何も戦闘能力や妖魔化だけじゃないのよ」

「まさか！」

祐人は振り返るとロレンツァを放置し瑞穂たちのところへ走り怒号《どごう》を上げた。

「その妖魔たちから離《はな》れろぉぉぉ!! 止水！ そいつらを棍で遠方に弾《はじ》き飛ばせ！ ほかの人は全力で防御！ 瑞穂さん、マリオンさん、子供たちも含《ふく》めて結界防御を張って!!」

今、動ける妖魔はかつて百眼だった一体。その妖魔と対峙《たいじ》していた止水は突然の祐人の怒号に眉《まゆ》を顰《しか》めた。

瑞穂やマリオン、そして明良たちも油断をせずに止水のフォローをしていたが、血相を変えて叫びを上げている祐人に驚く。

「え!? どういうこと、祐人！」

ロレンツァは高笑いを始めた。

「アーハッハー！ ああ、可笑《おか》しい！ そうよ！ この認識票はね、異界の術を応用して色々な機能をアレッサンドロが付与《ふよ》した傑作《けっさく》なの！ たとえば霊力《れいりょく》系の能力者に魔力《まりょく》を、魔力系能力者に霊力を大量に注入することも出来るのよ！」

ロレンツァが高笑いをしている中、この祐人の指示に瑞穂とマリオンの反応は早かった。

このような時に祐人が無駄《むだ》な指示はしない、と分かっている。

しかも声色から緊急《きんきゅう》事態であることも伝わっていた。

「明良、マリオン、協力して多重結界と防御陣《ぼうぎょじん》を張るわよ！ 大峰《おおみね》、神前《かんざき》は土精霊で壁《かべ》を作って！　質よりもスピード重視で！　死鳥、奴らをお願い！」

「はい！」

「死鳥ではない、と言っている！」

瑞穂たちが防御のための術を緊急速攻《きんきゅうそっこう》で発動する中、止水は眼前のかつては百眼《ひゃくがん》だった妖魔に棍を突《つ》き出した。その妖魔にもう百眼の面影はない。

冷静沈着《ちんちゃく》で優秀《ゆうしゅう》な頭脳を持ち合わせていた百眼。

百眼の過去は止水も知らない。どのような経緯《けいい》かは分からないが闇夜之豹に参加し、認識票によって洗脳され、今は妖魔と化し、ロレンツァの捨て駒《ごま》としてこちらに突進してきている。

「憐《あわ》れな。洗脳されていたとは思うが、あれだけ尽《つ》くして最後は捨て駒か。百眼、いけすかぬ男だったが、ここまで貶《おとし》められることもない。せめて俺の手で戦士として果てろ。鴻《こう》鵠《こく》の燕止水が最初に倒《たお》した男として！」

止水は既《すで》に握力を失いかけた右腕に最後の力を込める。

そして自在棍で百眼を貫《つらぬ》き、そのまま振り回すように前方に投げ捨てた。百眼だった妖魔から言葉にならない断末魔《だんまつま》の叫びが上がる。

続いて止水は戦闘力《せんとうりょく》を失い、痙攣《けいれん》をして倒れている妖魔たちを順次、弾き飛ばす。

妖魔たちの体が内側から膨《ふく》れ上がり止水にも妖魔たちが霊力、魔力による反作用で破裂《はれつ》寸前になっているのが分かった。

「なんと！　強制的に自爆《じばく》させる気か！　あの手練《てだ》れの連中の一気に！」

そこに近くまで飛び込んできた祐人が怒鳴《どな》る。

「燕止水、お前も結界の中へ！　志平さん！　志平さんはこちらに来ないで森の中へ走って！　爆発《ばくはつ》するぞ！」

志平は広場のわきでこの状況《じょうきょう》を眺《なが》めていたが、祐人からの怒号のような指示に緊迫《きんぱく》感が伝わってきて山林の中へ走り出す。

状況が読めてきた瑞穂たちも霊力を振り絞《しぼ》り急速展開した防御結界にすべてをつぎ込んでいく。

「しへい兄ちゃーん！　しすいー、どこー？」

「ばか！　玉玲《ぎょくれい》、外に出ちゃダメって、しへい兄ちゃんが言ってただろ」

この時、志平たちを匿《かくま》っていた地下空間から子供たちが志平を探しに出てきてしまう。

「え⁉」

「駄目《だめ》ぇぇ！　みんな戻って‼」

瑞穂、マリオンたちもこれに気づくが全力の術発動中でその場から動けない。

子供たちは怒鳴られてすぐに地下空間に戻ったが、幼い玉玲だけは大粒の涙を流し、泣きながら志平たちを探して走り出してしまう。

ロレンツァのところから結界内に向かって走ってきていた祐人がこれを見て目を見開くと咄嗟《とっさ》に方向転換《てんかん》し結界外へ出てしまった玉玲に向かって飛び込む。

「はああ！　間に合えぇぇぇ‼」

止水の弾き飛ばした妖魔たちがついに内側から光を漏らし、体の所々が破れ、そして全身が光に包まれる。

まさにその時、祐人は玉玲のところに到着《とうちゃく》するや、左腕を垂らしながらも玉玲を包み込むように上から覆《おお》いかぶさった。

「祐人ぉぉ！」

「祐人さん‼」

「玉玲！」

瑞穂とマリオンが悲鳴を上げ、止水が叫ぶ。

直後、あたりは閃光《せんこう》に包まれる。

それと同時に凄まじいエネルギーが弾け、大地を震わす爆発音《ばくはつおん》と大爆風《だいばくふう》が吹《ふ》き荒《あ》れた。

閃光と爆風による土煙《つちけむり》で状況が確認できない瑞穂たちは、徐々に回復する視界を呆然《ぼうぜん》と見つめている。

山林に走り込んだ志平は大きな木の幹の後ろで身を隠《かく》していた。

そして、轟音《ごうおん》と衝撃風をやり過ごし、それが収まったところで広場の方へ目を移し……愕然《がくぜん》とする。

「あああ……し、止水ぃぃぃ!!」

祐人の下で泣きじゃくる玉玲。

その玉玲に抱き込むようにしている祐人。

そして……さらにその上に止水が覆いかぶさっていた。

瑞穂たちも志平の絶叫《ぜっきょう》にハッとし、祐人たちのところへ走り寄る。

祐人は……まるで状況が掴《つか》めていないような様子でゆっくりと背後へ顔を向けた。

「あ、あんた……」

祐人が震えるような声を出した。

「フッ……」

そこには頭髪《とうはつ》の境目から大量の血を垂らし、ニッと笑う燕止水の姿があった。

途端に止水は力を失い、祐人に体重を預けてくる。

祐人はハッとすぐに止水を受け止め、そっと玉玲の脇《わき》に横たえた。

言葉を失う祐人は膝《ひざ》をつき止水を見下ろす。

そこに志平が駆《か》け寄ってきた。

「止水、止水ぃ！　何故!?　何故こんな……せっかく帰ってきたのに……止水」

玉玲は重傷の止水を見つけると、その血だらけの姿にひきつけを起こしたように息を吸うことに失敗し、そして再び泣きじゃくる。

祐人と志平はただただ横たわっている止水を見つめるばかり。

瑞穂とマリオン、そして明良も、かつて死鳥と呼ばれた男を深刻な表情で見下ろしていた。

すると地下に匿われていた子供たちも全員姿を現し、志平と止水を見つける。

「玉玲、大丈夫？」

「しへい兄ちゃんー」

「あ、しすいが倒れてるよ!?」

「あ！　血だ」

「しへい兄ちゃん、泣いてるの？」

子供たちは涙《なみだ》を流す志平と横たわる止水を取り囲むように立つと、まるで怯《おび》えるような表情でこの状況を見つめだす。

誰の目から見ても止水の眼から光が失われていくのが分かり、子供たちは互いの手を握ったり、志平の背中に抱き着いた。

各《おのおの》があらぬ上空に目を向けている止水を深刻そうに見つめている。

「……玉玲は……無事か？　志平」

突然、かすれた声を止水が上げる。

「止水！　無事だよ！　それより止水は！　止水の方が！　死なないで、止水！」

「泣くな……志平」

止水の口から大量の血液が溢《あふ》れ、志平の顔が青くなる。

「とにかく止血を！　燕止水！　意識を放すな！　繋ぎとめるんだ！」

祐人は必死の形相で止水に止血のための点穴を突いた。

「何でここまで来て!?　本当ならあのままみんなで平和に暮らせていたのに！　あいつらが来て止水がいなくなって！　日本に連れて来られて、ようやく会えたらこんな……」

「志平……」

止水が右手を上げようとする。

それに気づいた志平はすぐにその手を握った。

その手はとても分厚く、ごつい。

「皆《みな》はいるか？」

「いるよ！　全員ここに！　みんないる！」

「……そうか、では……聞いてくれ」

止水の瞼《まぶた》が……閉じられてく。

「駄目だ！　燕止水！　堪《た》えろ、まだ、あんたは！」

消え去ろうとする止水にハッとした祐人が耳元に顔を寄せて大声を張り上げる。

すると止水の目が再び開いた。

「皆、ありがとう。この燕……止水……の人生に……喜びと……温かみを……。この最期《さいご》に悪くない生であったと……」

「もう止めて止水！　もう無理はしないでくれ！　祐人！　何とかしてくれよ！」

「……っ」

筋の切断された右手で止血を試みながら祐人は苦渋《くじゅう》の表情で止水を見つめる。

（もう……このままでは……燕止水は……）

その祐人の顔から何かを感じ取り志平は目から涙を溢れ出させる。

「しすい……とうちゃん」

そこにポツリと玉玲が声を漏らした。

すると……周りにいた子供たちが一斉《いっせい》に止水の手を握ったり体をさする。

志平はその子供たちから発せられた「父ちゃん」という言葉に驚《おどろ》くような顔をした。

この時、志平は初めて子供たちの中にあった止水に対する想《おも》いを知ったのだ。

捨てられ、思思《しーしー》に拾われたこの子たちは……自分を兄と呼び慕《した》ってくれていた。

だが、それだけではなかったのだ。

この子たちは子供なりに自分に父親はいないという事実を知りつつも……心の中で一番年上の止水をこのように想っていた。

父さん……と。

「とうちゃーん！　死んじゃやだ！」

「えっ、えっ、しすい父ちゃん……」

「しすいー」

「いなくならないで」

関を切ったように子供たちが大声で泣き始める。

志平は自分自身も止水のことをいるはずのない兄と慕ってきた事実と止水に父の姿を見ていた玉玲たち……この小さな子供たちの想いは何ら変わりがないことを知った。

志平たちの暮らしはお世辞にも楽なものとは言えない。

それでもこの小さい子たちが我慢《がまん》できたのは、これらの想いが支えていたのだ。

「……志平、ありがとう。そして、すまない。後は……頼《たの》む、我《わ》が誇《ほこ》りの弟……志平」

止水の瞼が完全に閉じた。

祐人は右手を握りしめる。

瑞穂たちも唇をギュッと閉ざした。

志平は大粒《おおつぶ》の涙を流し、玉玲や子供たちを抱《だ》きしめる。

今からは自分が止水の代わりもこなすのだ。

志平はもう泣かない、泣いてはならない、と心に刻みつつも、流れる涙を止めることができない自分を責める。

だが、今だけは……志平は子供たちと共に泣き声を上げた。

祐人はその傍《かたわ》らで止水の体の傷をなぞるように、また、労わるように右手で撫《な》でた。

瑞穂たちからは今、祐人がどのような顔をしているのかは見えなかったが瑞穂は黙り、マリオンは涙を拭《ぬぐ》いながらそれを眺めている。

マリオンは一歩前に出て、かつて自分を攫おうとした男でもある止水を見つめる。

「あなたとあなたの子供たちに祝福を……」

そう小さくマリオンは呟《つぶや》き、神に祈《いの》りをささげた。

〝アーハッハ！　死鳥の最後にしてはなんとも面白《おもしろ》みがないわね！〟

「…………！」

突然に頭に響く、不愉快《ふゆかい》な声に祐人たちは顔を上げた。

〝ククク、この世界は最初から呪《のろ》い呪われているのよ？　その死鳥もその呪いには抗《あらが》うことはできない、ただそれだけのこと。それをそんなセンチメンタルにされると興ざめだわ……。あら、私を恨《うら》むのは筋違《すじちが》いよ。この世のどこにでも存在する呪いが、この結果を生んだだけのこと。死鳥はここで死ぬように呪われていたのよ〟

「クッ！　一体、どこから！」

瑞穂が怒りに打ち震えた声で山林を見回す。

〝それと仙道《せんどう》使いの小僧……お前だけは生かしてはおかない。貴様もこの呪われた世界に打ちひしがれ、絶望の中で悶《もだ》えさせてあげるわ！　全員、呪われているの！　私はたまま呪う側に回っただけ！　善人ぶったその顔を世界を憎む顔に変えて朽《く》ち果てていくがいいわ！　アーハッハ！　可笑しいこと！〟

ロレンツァの声はここで途切《とぎ》れ、警戒《けいかい》をするようにしていた明良も構えを解いた。

「なんて不愉快な！」

吐《は》き捨てるように言う明良の言葉にマリオンは両手を握る。

「ゆ、許せないです……」

ここで祐人が静かに立ち上がった。

左腕を垂らし、全身の傷から今も血をにじませている。

すると……祐人の全身から使い果たしたはずの仙氣が漏れ始めた。

瑞穂、マリオン、そして明良は、その祐人の姿を見つめる。

祐人が今、見せている鋭い眼光が青空を貫いた。

「人を呪い、世界を呪い、ましてや呪縛《じゅばく》から逃《のが》れようと努力した人間たちまで玩具《おもちゃ》にした。

この僕がこいつらに教えてやる。今度はお前らが呪われる番だ……」

瑞穂たちは普段《ふだん》の祐人からは想像のできないその表情に恐怖《きょうふ》を感じる。

だが、瑞穂とマリオンは互いに目を合わせると……祐人のその全身から湧《わ》き出す怒りを受け止めた。自分たちはこの堂杜祐人も知っているのだ。

そして祐人は呟く。

「お前らはね……この劣等能力者の僕に呪われたんだよ」

この時の祐人の視線は奇《く》しくも中央亜細亜《ちゅうおうあじあ》人民国の方角に向けられていた。

◆

「明良さん、すぐに車を……」

「分かった、祐人君。とりあえず君も早急《さっきゅう》に手当が必要だ。すぐに車を回すから病院まで行ってくれ。志摩《しま》さんももうこちらに着くようだから。しかし……これをどこからなんと説明したら良いものか」

「いえ、燕止水も一緒《いっしょ》に病院へお願いします」

「え⁉　しかし、もう死鳥は……」

この祐人の言葉に明良と同様に瑞穂たちも驚く。

特に志平は祐人に顔を向けて立ち上がった。

「はい……可能性は限りなく低いです。ですが、僕は最後の可能性にかけてみたいんです」

「それはどういうこと？　祐人」

「先ほど、止まりかかった燕止水の心臓を僕が先に止めた」

「えっ⁉」

明良は言っている意味が分からず、志平もこれを聞いて目を剥いて祐人に迫《せま》ってきた。

「祐人！　それは本当か⁉　な、何でそんなことを！」

「それしか……止水を助けられる可能性が浮《う》かばなかった。説明は難しいですが、僕は止水の生命の根源である氣脈を止めました。ですので、今のうちにできる限りの治療《ちりょう》を施してほしいんです」

「そ、それは祐人君、仮死状態というようなものかい？」

「ちょっと違います。今、燕止水は氣の通っていない無機物のような状態です。ですが、これは非常に危険な術です。一般人《いっぱんじん》に施せば確実に死にますが燕止水なら……燕止水が自分自身で氣脈を動かすことが叶《かな》えば……あるいは」

「祐人！　じゃあ止水は……助かるのか？」

志平は震えるように声を上げるが祐人は厳しい表情を崩《くず》さない。

「志平さん、可能性は……一％未満だと考えてほしい。ただ、あのままにしておけば燕止水は確実に助からない。あとは燕止水の志平さんたちと生き続けていくという想いの強さにかけるしか……」

「……！」

「でももし奇跡的《きせきてき》に目を覚ました時にこの状態では助かるものも助かりません。できることはすべてしておきたいんです！」

「祐人君……」

自らも全身に重傷を負っているにもかかわらず祐人の気迫《きはく》は志平や瑞穂たちにも響《ひび》いた。

ここにいる人間たちには分かる。

祐人のその縋《すが》るような気持ちが偽物《にせもの》ではないと。

「分かった……祐人君。すぐに志摩さんにそう伝えよう。でも祐人君も手当はしてもらう。君は放っておくと今にも海を渡《わた》ってしまいそうだが、これは私たちも譲《ゆず》れない。分かってもらえるね。君が燕止水にかけているのと同じ気持ちを、私たちも祐人君に思っていることを」

明良は瑞穂とマリオンに目を向けると瑞穂たちは力強く頷《うなず》いた。

「当然よ、祐人！」

「祐人さん、祐人さんはもっと自分の状況も見ることを忘れないでください！」

瑞穂とマリオンの真剣《しんけん》でいて厳しい表情に祐人は、何故か心が温まるのを感じる。

「分かりました。ありがとうございます」

「祐人……」

志平が祐人の肩《かた》に手をかけた。志平のその目には薄《うす》く涙が覆っている。

「……ありがとう」

「いや、志平さん、まだそれは……」

「違う！　俺が言っているのはそれじゃない」

「え……？」

「お前が俺たちに……捨てられ、巻き込まれ、そして失いそうになった俺たちに……ここまで心を砕いてくれたことを言っているんだ。これから起きることは結果だ。それがどのようなものになっても、この気持ちだけは変わらない。だから、ありがとう、祐人。俺はお前に感謝するよ」

「志平さん……」

「ほーほほー、こりゃ、派手にやられたわいの〜」

「……!?」

突然《とつぜん》、祐人の横から聞き覚えのない老人の声が上がり、全員が驚愕する。

「いやいや、我が弟子《でし》の様子を見に来てみれば……うーん？　これを施したのはお前さんか？　若いの」

　突然現れたその怪《あや》しい老人は長い眉毛《まゆげ》で隠れた目を祐人に向けた。

（僕がまったく気づかなかった。この人は……え？　今、弟子って言った？　じゃあ、この人は⁉）

　この突然の闖入者《ちんにゅうしゃ》に瑞穂たちは警戒し、咄嗟に構えをとる。

「駄目だ！　瑞穂さん、明良さん、僕たちが敵《かな》うレベルの相手じゃない！」

「ふーむ、弟子が最近、まったく顔を見せんからこのおいぼれも困っておったんじゃ、主に食べ物に……。師の面倒《めんどう》も見ずにあの世にいこうとは……なっとらんの。仙道の追究《ついきゅう》はあくまで不老不死も含む、と言っておったわいに。ま、無理やり教えたからいかんかったのかのう、ほーほっほー！」

「あ、あなたが燕止水の師匠《ししょう》ですか？」

「うん？　こやつ、いつの間に燕などという姓《せい》がついたのじゃ？　まあ、いいか、そうじゃ、ワシがこやつの師、崑羊《こんよう》じゃ。ところで若いの」

「はい……」

「我が弟子をここまでにしたのは……お前か？」

「……っ⁉」

崑羊の軽い口調の質問。

だがこの瞬間《しゅんかん》、祐人の全身が粟立《あわだ》ち、死、という数百コマの映像が瞬時《しゅんじ》に脳裏に浮かぶ。

祐人の表情と体は固まり、瑞穂たちもその凄《すさ》まじい死の氣の余波を受けて、体が勝手に震えだした。

「どうなのじゃ、若いの……」

「違う！」

横から志平が怒りの表情で大声を上げた。

「ほ？　おぬしは？」

「止水の弟だ！　祐人はむしろ止水を助けようとしてくれたんだ！　それに何だよ、突然現れて偉《えら》そうに！　師匠だ、弟子だ、って言うんなら、もっと早く来て助けてくれればよかったじゃないか！」

「ふむ……弟か？　色々と状況が分からんが、なるほど……嘘《うそ》をついている風でもないの。分かった、ではこやつはワシが連れて行くぞ、よいな？」

「ええ!?」

「大丈夫《だいじょうぶ》じゃ、ワシの大事な弟子じゃからな悪いようにはせん。ま、死んだら……その時は誰かに責任をとってもらうわい」

崑羊はそう言いながら杖《つえ》で止水の体をチョンと突くと、止水の体が宙に浮くように杖の先端《せんたん》に乗った。

「じゃあ、の！」

「あ、止水！　このジジイ！　止水を返せ！」

「死ななければ、ワシの身の回りの世話をさせてすぐに開放するわい、ほーほっほー！」

そのまま忽然《こつぜん》と崑羊は止水と共に消えてしまう。

全員、呆然とし取り残されるが、祐人は全身の汗《あせ》を拭い大きく息を吐いた。

「志平さん、ありがとう。志平さんがいなかったら僕たち全員が殺されていたかもしれない」

「さっきのは、すごいプレッシャーだったわ。経験した中でも次元が違う」

「はい。祐人さん、あの人はまさか……」

「うん、仙道の到達点《とうたつてん》を垣間見《かいまみ》た人たち……仙人《せんにん》だよ」

「あ、あれがですか。まさか、この目で仙人を見るなんて……」

「え!?　あのジジイが!?　僕にはまったく強いようには……止水の師って言っているのに仙氣も感じなかったし。あ、それより止水が！」

「いや……あの人の方が燕止水を助けられる可能性は高いかもしれない」

「本当か⁉　祐人！」

「僕《ぼく》なんかよりも次元が違うほど氣脈の扱《あつか》いに長《た》けている人たちだ。それでも必ず助かるとは言えないけど……あとは待とう。燕止水の意思の力を信じて。あの言いようだと、もし燕止水に何かあったらまた顔を見せるだろうしね」

「止水……」

志平は祐人の話を聞くと空を見つめ、そして祐人へ再び目を移した。

「分かった……俺《おれ》は信じる。止水が必ず帰ってくることを」

そこに祐人たちがいる広場の奥《おく》から車のクラクションが鳴り響いてくる。

「お、車の準備と志摩さんも到着したようだ。では、今はあれこれ考えても仕方がない。皆さん、行きますよ。まずは病院です。そのあとは、まあ……想像がつきますが」

明良は祐人に顔を向ける。

「はい……僕は中央亜細亜人民国に行くつもりです」

「祐人、言っておくけど、私たちも……」

「分かってるよ……行こう、瑞穂さん、マリオンさん」

瑞穂とマリオンは力強く頷いた。

瑞穂もここまでの出来事に何も感じなかったわけではない。

いや、むしろ怒《いか》りに身を焦《こ》がしている。

そしてそれは瑞穂だけではない、今回の当事者でもあるマリオンも心の奥底《おくそこ》から湧く嫌《けん》悪《お》感に憤《いきどお》りを隠していなかった。

「瑞穂さん、マリオンさん、以前に話していた作戦はなしね」

「……？　祐人、それはどういうこと？」

「前回の作戦は祐人さんが侵入《しんにゅう》して、私たちが陽動をするっていうやつですよね？」

「うん、それは全部なしでいく」

「じゃあ、どうするのよ、新しい作戦をたてるの？」

「いや……作戦は決まってるよ」

「……それは？　祐人さん」

祐人は眉間《みけん》にしわを寄せて目に力を籠《こ》める。

「……暴れる」

「「は？」」

「全力でみんなで暴れるよ！　それじゃなきゃ気が済まない！　瑞穂さん、マリオンさん、大技《おおわざ》をたくさんぶちかまして！　僕たちは闇夜之豹をすべて！　跡形《あとかた》もなく叩《たた》き潰《つぶ》すから」

二人は一瞬《いっしゅん》、祐人が何を言っているのか分からなかった。

だが段々と瑞穂とマリオンは嬉《うれ》しそうに相貌《そうぼう》を崩していく。

「……いいわね、それ」

「はい……私もさすがに今回はストレスがたまりましたから……」

祐人は瑞穂とマリオンを見つめると、

「徹底的《てっていてき》にやるよ！　徹底的にね！　邪魔《じゃま》をする奴《やつ》らはすべて！」

そう言い放った。

「それで、必ず伯爵《はくしゃく》とかいう奴も、さっきの女呪術師《じゅじゅつし》も……すべて倒す！」

祐人のその言葉に二人の少女は力強く頷く。

（燕止水、必ず生還《せいかん》してくれ！　あんたを待っている人たちがいるんだ。僕はそれまでにあんたの悪縁《あくえん》を断《た》ち切っておく！）

その横では三人の少年少女の様子に嘆息《たんそく》する明良だったが最後はフッと笑《え》みを溢《こぼ》した。


「しかし……ここまでやられるとはのぉ。もっと早く来れば良かったわいの～。しかし、この処置をしたのはあの若いのか。あの小僧《こぞう》の仙氣の流れ……あれは腐れジジイどもの流れをくんでおるわいの」

空中を移動する崑羊は苦々しい顔を見せる。

（このままでは確かにまずいの。ワシとて弟子がこうあっさりと死なれてもかなわんしの。この才能も惜《お》しい）

「本当は嫌《いや》じゃが……仕方あるまいの。ちょいと、あの羊羹《ようかん》好きに頼むかの……」

崑羊は大きく息を吸うと、

「嫌じゃのぉぉぉ」

と独白し、肩を落とした。

◆

「いいですか？　数日は安静にしてもらいます……と言っても無駄なんでしょうねぇ」

祐人の病室で明良は諦《あきら》めるような顔で、だが茶化《ちゃか》すようでもなく溜息《ためいき》をつく。

あのあと、祐人たちは志摩たちと合流すると近くの大学病院まで移動し、機関所属の医師による左腕《ひだりうで》の緊急手術を祐人は受けた。

そして、一晩明けた早朝に明良が病室を訪ねると、祐人は左腕にギプスをはめながら既に私服に着替《きが》えており、精悍《せいかん》な顔つきで窓の外を眺めていた。

「明良さん、あちらに渡航《とこう》する準備はいかがでしょうか？　もし、機関で無理なら……」

「準備はできてるわよ」

明良の後ろから日本支部支部長秘書の垣楯《かきだて》志摩が姿を現して中央亜細亜人民国行のチケットを胸の前で揺《ゆ》らしている。

さらにその後ろから瑞穂とマリオンが入室してきた。

「垣楯さん」

「個人的には反対ですが、大峰《おおみね》様の許可が下りました。まあ、瑞穂さんと四天寺家の強い要望があった、とだけは伝えておきますね。今回のあなたたちの渡航について、機関は関係ありません。もちろん、あちらで何をしようが、何があろうが、です」

「すみません。でも機関には決して迷惑《めいわく》はかけませんので」

「あら？　堂杜君、ちょっと勘違《かんちが》いしないでね」

「え……？」

「今の話は、表向きは、ということです。さらに言えば、これは大峰様の言葉を借りますと……機関の仕業《しわざ》ではないか？　と思わせるぐらいが丁度いいんです。それとあなたたちが行くのは正直、ありがたい。もちろん、その前提条件として……」

「なるほど、証拠《しょうこ》を残さなければ、ですね？」

「そういうこと。まあ、大峰様の言いようでは物的証拠がなければ、で構わないとのことよ」

志摩はそう言いながらも頭が痛そうに溜息する。

祐人は志摩の話を聞き、あの食えない支部長の顔が頭に浮かぶ。

機関にしてみれば今回、闇夜之豹に舐《な》められっぱなしだ。

この情報は正確、不正確も含め数々の組織に伝わっているだろう。

機関としてはこのままにしておくことはできない。

もちろん、どこの組織もそう睨《にら》み、機関の動向を探《さぐ》っているはずだ。

あの闇夜之豹相手に一体、どんな能力者を使い、どんな手段で報復するのか、と。

だが、であればこそ、まさか今回襲《おそ》われた新人組がすぐに報復に赴《おもむ》くなんてことはどこも思わないだろう。

機関がそんな人選をするほど人材不足でもないのは理解されているはずだ。

その意味では敵にとっては予想外の相手となるかもしれない。

日紗枝《ひさえ》がそこまでして自分たちに機会を与《あた》えてくれることには感謝しつつ、それと同時にこういった計算も忘れていないところに祐人も感心してしまう。

志摩の横では瑞穂が苦笑いし、おどけて見せた。

「分かりました。どんな形であれ証拠は残しません。あ、物的証拠だけは、ですね」

「ただ、危ないと思えばすぐに引いてください。大峰様も自由にさせるのは三日間のみだときつく仰《おつしや》っていました。いいですね」

祐人は神妙《しんみよう》な顔で頷く。

日紗枝も闇夜之豹相手に、さすがにそれ以上は無理だと考えているのだろう。

ここでは言及《げんきゆう》されていないが既に自分たちの後釜《あとがま》の人選も終わっているのではないか、と祐人は推測した。

「それと貴方《あなた》たちのフォローに機関職員数名を一緒に潜伏《せんぷく》させます。また、このことは中国支部には伝えていません。あり得ないとは思いますが万が一、中国支部の人間とかち合った時には戦闘《せんとう》は避《さ》けること。そして、すぐに連絡《れんらく》をください。こちらのルートからそれとなく伝えておきますから」

「分かりました、それで飛行機の時刻は？」

「今日の昼過ぎよ。すぐに行ってください。これが偽造《ぎぞう》パスポートとチケットね。名前がそれぞれ違《ちが》うから注意して」

「ふふん、さすが日紗枝さん。じゃあ、祐人、行くわよ！」

「祐人さん……それより怪我《けが》は大丈夫なんですか？」

志摩からそれぞれチケットを受け取ると瑞穂は意気揚々《いきようよう》と、マリオンは心配そうに体《からだ》中《じゅう》に包帯を巻いている祐人に顔を向ける。

「問題ないよ。自由に動かすのは難しいけどこのギプスもすぐに外せるから。だから行こう、瑞穂さん、マリオンさん」

「何でそんなに早くギプスが外せるのよ……一体、どんな体をしているの、あなたは」

瑞穂は祐人の異常な回復力に呆《あき》れるが、三人は互《たが》いに目を合わせて頷くと早速《さっそく》、機関が回してくれたタクシーで病院を出発した。

病室に残された志摩と明良は祐人たちを見届けると志平たちを群馬にある空き家に届けるために歩き出す。

「ご苦労様です。垣楯さん」

「いえ、神前さんこそ大変だったでしょう。それにしても……ああは言いましたが、堂杜君たちは大丈夫でしょうか。正直、今回のこれは無茶《むちゃ》が過ぎるのではと私は反対だったんです。瑞穂さんたちの実力は分かっていますが……堂杜君はランクDで、しかも重傷を負っているわけですし。大峰様が瑞穂さんたちの意を汲《く》み取ったのは分かりますが……やはり」

「大丈夫でしょう、祐人君たちなら」

「……随分《ずいぶん》と自信があるようですけど、何故《なぜ》です？　神前さん。そう言えば今回、従者であるはずの神前さんは瑞穂さんについて行こうともしませんでしたね」

明良は目を閉じてニイと笑った。

「何もすべてについて行くのが従者の役目ではありませんよ。それに……」

「……それに？」

「私がここに残り、その後の後処理に力を入れられるのも祐人君のおかげですので。彼《かれ》がいれば……彼が大丈夫と言うのなら、私も大丈夫だと思うんですよ。彼はそういう少年です」

「……ふむ」

志摩は明良の言葉に瞳《ひとみ》の奥を光らせる。

「いやあ、それと本気で私も考えないといけませんからねぇ」

「何がです？」

「いや、四天寺家次期当主の婿殿《むこどの》になるかもしれない人物には、私としても心証を良くしておかないと、ってね」

「はあ⁉ それは……」

「冗談《じょうだん》ですよ、半分ですが」

明良は楽し気な顔で、志摩は驚きの顔で病院の廊下《ろうか》を進んでいく。

志摩が驚くのも無理はない。

四天寺家当主の婿《むこ》とも言えば、それだけで機関も無視できない人物となる。

明良は瑞穂たちのアリバイのフォローのために学校に戻《もど》ると言い、志摩は志平たちと出発することになった。


「お疲《つか》れ様《さま》、志摩ちゃん。それで……どうだった？　うん、うん……」

日紗枝は今、支部長室から志摩と連絡を取っている。

「それにしても今回も嫌な大人全開ね、私は。さも瑞穂ちゃんたちの気持ちを考えてるようなふりして……内実は試《ため》しているんだからね、堂杜君を」

〝そんなことはありません。大峰様は瑞穂さんたちのために細心のフォローはしているんですから。現地には本命の能力者も同時に派遣《はけん》しますし〟

「それが嫌な大人って言ってるのよ～。ああ、これが瑞穂ちゃんにバレたら絶対嫌《きら》われるわね。まあ、その時は、その時で考えましょうか。それで話を戻すけど、堂杜君の戦った相手は死鳥で間違《まちが》いないのね？　しかも今回も互角《ごかく》に渡り合ったと……」

〝はい……そのように聞いています。これは神前さんも同意していましたので間違いはないかと思います。ただ、死鳥本人がいませんでしたので……私も完全に確認《かくにん》が取れているわけではないです〟

「前の説明だと死鳥の止水は古傷で以前のような力はなかったみたいだ、ということだったけど……どうなのかしら？」

〝と、言いますと？〟

「それが本当なら……そんな人物を闇夜之豹がここまでして雇《やと》おうとするのかしら、ってことよ。考えてもみて、理由はまだ分からないけど拉致《らち》しようとしたのは新人とはいえ、ランクAのマリオンさんよ。ましてや四天寺家の客人として扱われているマリオンさんを拉致するのにかつて超人的《ちょうじんてき》な強さを誇った死鳥を頼《たよ》るのは分かるけど……」

〝かつての実力もない死鳥を頼らない、ということですか。もし、それがかつての通りの実力を有していたとするなら……その死鳥と互角に渡り合った堂杜君は……〟

「新人試験の不死者の襲撃《しゅうげき》と撃退《げきたい》……ミレマーという国一つを潰しかけたスルトの剣《けん》が討《とう》伐《ばつ》された事件、そのすべての場所にいた少年……か。いや、私もバルトロさんの仮説に毒されてきたかもしれないわね」

〝……まさか〟

「とりあえず今回、闇夜之豹に堂杜君たちがどのように仕掛《しか》けていくか、注意深く確認するようにお願いね。ちょっと内容が不味《まず》いようだったらすぐに介入《かいにゅう》していいから。まさか闇夜之豹を相手に私も試すようなことをするとは思わなかったけど……でも、そうでもしないと試せないほどの存在なのよね」

〝……分かりました。私もこれから内密に中国に入ります〟

「申し訳ないけど、お願いね。他には何かあったかしら？」

〝いえ……あ、神前さんが冗談でしょうが、瑞穂さんのことで面白いことを言ってました。何でも、次期四天寺家当主の婿に堂杜君がなるかもしれない……と〟

「ええ！　明良君がそんなことを!?　それは驚きね……」

〝あ、いえ、半分冗談と言ってましたが……〟

志摩は雑談レベルのつもりで言ったものだったが、思ったより大袈裟《おおげさ》に反応した日紗枝に戸惑《とまど》う。

「そうね、半分になるわ」

〝は……？〟

「四天寺家当主の伴侶《はんりょ》はね、大峰と神前の承諾《しょうだく》がないと成立しないのよ。それも、その承諾を得るには数百年続いた不文律があるの」

〝……それはなんでしょうか？〟

「力よ。純然たる力……。四天寺家の当主と比肩《ひけん》しても劣《おと》らないほどの力を持つことが求められてきたわ」

〝まさか……ちょっとした冗談だと思いますが〟

「……そうね、ちょっと吃驚《びっくり》したんでついね、うん、うん、ではお願いするわ。では……」

日紗枝は電話を切ると支部長の椅子《いす》から立ち上がり窓から見える新宿副都心のビル群に目を向けた。

「そんな四天寺家の重要なことを……冗談で言うかしら？　しかも、あの明良君がねえ」

フッと肩の力を抜《ぬ》いた日紗枝は右手に持つ堂杜祐人のランク取得時の試験結果と依頼先《いらいさき》での調査書類に目を通す。

「堂杜祐人君……か。これは私も真剣に彼を測らないといけないかしら。それでもし仮説通りの実力を秘《ひ》めているとするのなら……本部はどう動くか。上位ランクへの変更《へんこう》と交換《こうかん》条件に堂杜君を何としても取り込もうとするでしょうね。それにしても……不死者、スルトの剣の二つの案件の当事者だとしたら……」

日紗枝は独り言を吐きながら、その目にただならぬ迫力《はくりょく》を宿すのだった。

間章　もう一つの戦い

祐人《ひろと》たちが中国へ出発した前日の夕方、聖清《せいせい》女学院では髪《かみ》が乱れた男女の学生がふらついた足取りで寮《りょう》に帰宅していた。

二人は遠くを無言で見つめており顔色も悪い。

「袴田《はかまだ》君……」

「……何だね、水戸《みと》君」

「私……今日のことで出会ってから初めて袴田君を尊敬したわ……。これを一人で一週間こなしたのよね……」

「そうか……結構、以前から出会っていたと思うが今日、そう思ったか。まあ、その評価はありがたく受け取っておくわ……あはは」

静香《しずか》は瞬《まばた》きという機能を失った目で顔はただ前を向き、口は力なく半笑いだ。

「私、ひどい女だわ！」

「ど、どうしたんだよ、突然。水戸さんは頑張《がんば》った、そう、とても頑張ったよ！」

「でも私……親友を置いて……」

「言うな！　仕方なかったんだ！　仕方がなかったんだよ……この戦いは恐《おそ》らくまだ続く。

俺たちは明日の戦いのために体を休める必要があるんだ！」

するると、二人の後方の校舎の方から悲鳴のような声が聞こえたり、聞こえなかったりする。

「静香ぁ！　袴田君！　助けてぇぇぇ！　無理！　そんな恰好《かっこう》は無理だからぁ！　みんなも騙《だま》されないでぇ、そんなの庶民《しょみん》の間では流行《はや》っていな……」

「袴田君……今、茉莉《まつり》の悲鳴が聞こえ……」

「幻聴《げんちょう》だ。そして振《ふ》り返るな」

静香と一悟《いちご》は顔を青ざめさせてフルフルと体を震《ふる》わせながらゆっくりと歩いていく。

そして……静香の歩みが止まると急に頭を抱《かか》えて座《すわ》り込んだ。

「私、私は！　無理無理無理無理ぃぃぃ！　あんなのフォロー無理ぃぃ！　あれをどうやって日常に組み込むのよ⁉　今日だけで『モフモフしっぽ組』と『天使の羽根組』の抗争《こうそう》が勃発《ぼっぱつ》！　お昼には私のクラスにまで侵食《しんしょく》してきて……」

「水戸さん！　お、落ち着け！　忘れろ！　忘れるんだ！　いいか？　俺たちは過去のことは捨てて常に前を、未来を見据《みす》えていくんだ！」

その時、再び校舎の方から、

「嫌ぁぁぁ！　本当にこんなのが日本の文化なんですかぁぁ!?　しっぽも羽根も無理ぃぃ！　胸を大きくするために、しっぽを生やすなんて意味が分かりません――！」

「ニョロ吉《きち》ぃぃ！　助けて！　何故、出てこない!?」

一悟はそっと静香の耳に手を添《そ》えた。

「今……ニイナさんと花蓮《かれん》さんの声がきこ……」

「空耳だよ。さあ、水戸さん立ち上がって。仲間の犠牲《ぎせい》を無駄《むだ》にしないためにも……」

「う、うん……」

静香は一悟に手を借り、何とか立ち上がる。

「私たち……よくここまで……」

「クラスが違ったからな……。同じクラスの連中は真っ先に……あの二人の毒牙《どくが》に」

「先生たちは何をしているのよ!?」

「水戸さん、見ただろ？　あの二人を前にして学校権力は無力だ。すでに数名の先生が『モフモフしっぽ組』と『天使の羽根組』の幹部に納まっている」

「ああ、なんてこと……」

「しかも、どうやらこの二つの組織の序列はすべて胸の大きさと腰《こし》つきの豊かさで決まる、というもの。もともとは嫣子《きょうこ》さん（マリオンの姿）とサリーさん（瑞穂《みずほ》の姿）の女性の色気とは？　という談義から始まったものらしい」

「お、恐ろしい……。それで、あの胸と大腿部《だいたいぶ》と臀部《でんぶ》を強調するような服装を強要しているのね……。それじゃ私とニイナさんはどうなるのよ!?　茉莉だって……あの中途半端《ちゅうとはんぱ》な大きさの胸じゃ……」

「ああ、あれでは、良くて中級構成員だろうな……」

「あ！　そう言えば男の子の試験生たちは!?　この事態を収めるように動いたんじゃ！」

「水戸さん……男たちなど市民権すら与えられていない。祐人至上主義を掲げ《かか》たあの二人にとって他の男など最下層の住人……」

「……。袴田君はよく逃れ《のが》て来られたわね」

「ああ、俺は過去の経験とその時に鍛《きた》えた精神力がある。あのみんなの素晴《すば》らしい姿は惜しいが、あれ以上のフォローは無理だった。それで写真だけ撮って脱出《だっしゅつ》を……」

「今、何て言った？」

「何でもない」

「……」

ジーと半目で見つめる静香。

「オッホン！　あれはな、動き出す前に止めなくては駄目《だめ》なんだ。今回、クラスが違うためにそれが俺には出来なかった。事が動き出した後になると以前のように……」

「ああ、あの意味不明な堂杜《どうもり》君争奪戦《そうだつせん》……。確かにあの時のみんなは常軌《じょうき》を逸《いっ》していたわ」

「さあ、行こう、水戸さん。明日になればまた違うことが起きる。今度は必ず事前に止めないと」

「え⁉　これが明日も続くんじゃ……」

「いや、多分そろそろ飽《あ》きるころだ。明日は明日の遊びを考えるはずだ、特にあの嬌子さんていう人は。しかもマリオンさんの姿というのがたち悪い。マリオンさんは信頼《しんらい》があるからな。だから今日は戦略的撤退《てったい》が必要なんだ！　明日のためにも！」

「……分かったわ。明日のために……ね」

「ああ……そうだ。明日こそ、白澤《しろさわ》さんとニイナさん、花蓮ちゃんを救おう」

静香と一悟はお互いに覚悟《かくご》を決めたような目で見つめ合い、力強く頷くと再び寮に向かって歩きだした。

それは明日にもあるだろう激戦に備えるためなのだ。

だから仕方ないのだ。

「「う、裏切り者ぉぉぉぉ!!」」

その背中に茉莉、ニイナ、花蓮の悲鳴を背負ったとしても。

女子寮《じょしりょう》と男子寮《だんしりょう》に向かう道の分岐点《ぶんきてん》に着くと一悟と静香は鋭《するど》い視線を交《か》わす。

「……袴田君」

「うん？」

「堂杜君が帰ってきたら……」

「……ああ、分かっているよ」

二人はお互いの拳《こぶし》をトン、と当て合いニッと笑った……。

「「絶対に……」」

気のせいか、遠くの方から三人の少女たちの断末魔《だんまつま》のような声が聞こえてくる。

「地獄《じごく》を見せてやる!!」

「地獄を見せてやるわ!!」

そして、二人は互いに何故か影が覆《おお》う顔をして背を向けてバッと走り出した。

二人はこの確固たる決意を胸に決してその足を止めはしなかったのだった。

「裏切り者ぉぉぉぉ!!」

「お嫁《よめ》にいけないぃぃぃ!!」

「私は関係ないぃぃ！　ニョロ吉ぃぃ！」

（聞こえない！　聞こえなーい!!）

第3章　本拠地強襲

闇夜《あんや》之豹《のひょう》の居城、別名、水滸《すいこ》の暗城《あんじょう》にロレンツァは到着《とうちゃく》し、アレッサンドロと今後のことを相談していた。

「ふむ……何者なんだ、そのランクDの小僧は。しかも、その実力といい、色々と知っているようなその物言いといい、たしかに気になるな」

「どう致《いた》します？　あなた。恐らく……機関は何らかの形でここにちょっかいを出してくると思いますけど」

「フッ……それはそれで都合がいい」

「どうしましたの？」

「いや、実は連日、張林《ちょうりん》の坊《ぼう》やから今回の件の責任だなんだと、うるさくてな。逆に機関のちょっかいを返《かえ》り討《う》ちすれば少しは静かになろうし、それで我々の力の誇示《こじ》が中枢《ちゅうすう》にまで届けば色々とやりやすくなろうと思ってな」

「まあ、小者ですわね」

「ここの防備はそう簡単には抜けんよ。それどころか返り討ちは容易《たやす》い。それで機関のちょっかいの証拠でも掴《つか》めば……」

「機関の権威《けんい》は落ち、私たちの立場は上がる、ということですね」

「ククク、まあそういうことだ。それよりだ……先ほどの小僧の話が気になる。むしろ捕《と》らえて色々と聞きたいな……異界のことをどこまで知っているのか。仙道《せんどう》使いということだが、一体……。今回のちょっかいに参加してくれれば良いのだがな、手間が省ける」

「それはないでしょうね。あの小僧の傷は傍《はた》から見ても重症《じゅうしょう》でしたわ。捕《つか》まえるのならこちらから出向かないといけないでしょうね。ああ、それとあなた、これを……」

ロレンツァはアレッサンドロに何かを包むように折りたたんだ上質の紙を差し出した。

アレッサンドロはそれを受けとり、紙を広げる。

「これは……あの小娘《こむすめ》の髪の毛《け》か⁉　流石《さすが》だな、ロレンツァ。ただでは帰ってはこない」

「ええ、私が赴いてこれだけのものになってしまって申し訳ないですけど……」

「いや、これがあれば数分だけとはいえアズィ・ダハーク様を顕現《けんげん》させられる。使う機会はないかもしれんが万が一の切り札にはなる。これで機関を返り討ちにした後に改めて小娘を捕らえに行けば……」

アレッサンドロは余裕《よゆう》の笑みを浮《う》かべる。

「しかし、オルレアンも皮肉なことだ、その力の引継《ひきつ》ぎが直系ではなく分家の小娘に流れようとはな。愚鈍《ぐどん》な本家の連中が隠《かく》そうともラファエルの法衣《ほうえ》がそれを認めているというのに」

「まったく愚《おろ》かなこと。ですがそのおかげで、こちらも動けました。それにしましてもあの小僧さえいなければ、今頃《いまごろ》は……。なんとも小憎《こにく》らしいこと」

「構わん。我々には半永久ともいえる時間がある。あの小娘が老婆《ろうば》になった後でも良いのだ。少々口惜《くちお》しいが、またその時を待てばよい。ここで無理をしてお前を失いでもしたら……私も生きる意味を失う」

「まあ、あなた……フフフ」

「とりあえず迎撃《げいげき》の準備をしておこうか。闇夜之豹たちをすべてここに集結させよう。それと軍や警察と各所に撒《ま》いた私の子飼いたちに連絡をして人員を割《さ》いてもらう」

「あら、大袈裟じゃありません？」

「私は臆病《おくびょう》なのでな、手は抜かんよ。それに機関もそれ相応の実力者を送ってこようことは想像できる。お前は休め、ロレンツァ。あとは私に任せればいい」

「はい、あなた。ちょっと、やることをやったら休ませてもらいますわ」

「何をする気だ？」

「少し……呪《のろ》いの強化を。今、呪詛《じゅそ》を送っている連中はもう用済みでしょう。それにあの憎《にく》たらしい小僧にも呪いをかけていますので最大限のお礼をしたいのですわ」

「フッ……好きにしろ」

「はい、あなた」

ロレンツァは立ち上がり、部屋の奥に設置している呪詛の祭壇《さいだん》の方に向かうとアレッサンドロも各部署に電話連絡を入れるために執務《しつむ》室《しつ》に向かった。

アレッサンドロは北欧《ほくおう》調のデスクに座り、設置された受話器を取る。

軍に連絡を入れているのだが珍《めずら》しく中々出ない。

「……ああ、私だ。何をしている遅《おそ》いぞ。うん？　どうした、周りが騒《さわ》がしいな。まあいい、実は早急《さっきゅう》にこちらに警備のための部隊を二個中隊ほど派遣してほしい」

アレッサンドロは部署も指揮系統も違う軍に対し当たり前のように命令をくだす。すでにこの国の各部署の重要役職の人物を取り込んでいるのだ。アレッサンドロの大国の乗っ取りは順調に進んでいると言えた。

ところが……思わぬ返事が返ってくる。

「は⁉　難しいだと⁉　どういうことだ！」

アレッサンドロは子飼いの思わぬ回答に激怒《げきど》した。

決して自分の命令には逆らわないはずの下僕《げぼく》ともいうべき駒《こま》である。

その下僕が難しいなどと言うことはあり得ない。あるとすれば物理的に無理という時だけだろう。

アレッサンドロは冷静な口調に戻り、その理由を問いただした。

「何故、難しいのか言え。……は？　ドンガラガッシャーン？　何を言っているのだ、お前は！」

〝はっ！　それが……〟

話を聞けば昨日から基地内で数々の備品の破壊《はかい》が起きて問題になっていると言うのだ。

すぐに敵性国家からの工作員や兵の反乱すら疑い、捜査《そうさ》をしているがまったく掴めておらず、しかもその被害《ひがい》は甚大《じんだい》で軍の持つ火器、重火器がきれいにバラされており、さらには通信機器から基地内の監視網《かんしもう》や指令室にまでも至っているという。

そのため、今、基地内は軍としての統制すらままならない状態であるとのことだった。

「なんだそれは！　基地内すべての映像データを確認したのか」

〝はい、したのですが……武器庫内には誰《だれ》もいないのにもかかわらず独りでに重火器等がバラバラに破壊されていくのが映し出されました。センサーなどは正常に稼働《かどう》していたのですが、何の反応もなく〟

〝この気味の悪い現象を解明するため、警護を担当している兵や数日内に武器庫に入った兵を尋問《じんもん》したところ一昨日に妙《みょう》な声が聞こえた、と数名の兵から一致《いっち》した証言が得られまして〟

「……むう」

それが……、

『ドンガラガッシャーン！』

なのだそうだ。

それで現在、これを基地内でドンガラガッシャーン事件として、調査中であるらしい。

ちなみに他の一部の証言では、

「間違えた？　ねえ、鞍馬《くらま》、間違えた？」

「祭壇ってどんなの？　ねえ、筑波《つくば》、どんなの？」

「どうしよう～、首領に怒《おこ》られる～。褒《ほ》められて、ご褒美《ほうび》欲《ほ》しいのに！」

「ほか行こう！　ほか！　いつか当たるよ！　いつの日か！」

「おお！　そうしよう！　それらしいの全部回ればいつか当たるさ！　いつの日か！」

「おうさ！」

「ちょいやさ！」

という子供の声が聞こえたと、兵たちを怯《おび》えさせていたのだった。

しかも、これを言い出した兵が以前から周囲に霊感《れいかん》が強いと認知《にんち》されていた者だったので、基地内ではちょっとした幽霊騒《ゆうれいさわ》ぎになっており、軍としては認めることができず、アレッサンドロには報告していない。

こんなものは軍の恥部《ちぶ》になると幹部がもみ消したのだ。

「もう丸腰《まるごし》でもいい、武器はこちらで用意するから人員は必ず送れよ、いいな」

話は聞いたが途中《とちゅう》から何を言っているのか、とアレッサンドロはイライラを抑《おさ》えきれず通話を切り、今度は北京《ペキン》の警察本部の子飼いに電話をする。

「は!?　貴様もか！　だから何なのだ、そのドンガラガッシャーン！　とは！」

ここでも同じく『ドンガラガッシャーン』報告を受け、人員を割くのは難しいと言われ、さすがにアレッサンドロは大きな声を上げる。

こちらは昨夜に軍と同様のことが起きて、今、署内で調査中らしい。

そして、それだけではなかった。

聞けば、このような同じ被害の通報が北京市内にある国の主要施設《しせつ》から続々と警察に寄せられて大混乱をきたしていると言うのだ。

都市交通局や発電所、変電所、水道局もやられて北京市内は都市機能が麻痺《まひ》寸前にまでなっているという。

今、連絡が繋《つな》がっているのもアレッサンドロが非常事態時にも使う極秘回線網《ごくひかいせんもう》を使っているため、かろうじて連絡が繋がったということらしいのだ。

「何なのだ！　この国は！　偉《えら》そうに大国だと嘯《うそぶ》いている割には、何と脆弱《ぜいじゃく》な！」

アレッサンドロは電話を切ると怒鳴《どな》りながらデスクを拳で叩《たた》く。

（まさか、機関が!?　いや、早すぎる。それに一般人《いっぱんじん》にここまで影響《えいきょう》する大それたことをするとは思えん。しかし……偶然《ぐうぜん》というには重なりすぎだ。それにやり方がめちゃくちゃだ。我々を襲うのに関係のないところまでやるわけはない。では……何だというんだ！　目的が分からん）

この事態が偶然なのか、黒幕がいたとして何が目的なのか、皆目見当《かいもくけんとう》がつかずにアレッサンドロは狼狽《ろうばい》する。

だが結果として水滸の暗城の防衛に回す人員に狂《くる》いが生じていた。

「機関が攻《せ》めて来ようとする時にこのようなことが……。むう、まあいい、所詮《しょせん》、盾《たて》にするための時間稼《かせ》ぎだ。ここの結界と防衛網《ぼうえいもう》は外部から独立している、問題はない」

水滸の暗城は発電施設も持ち合わせており、その運用に外界の出来事は関係ない。食料の備蓄《びちく》も豊富である。

ある意味、この施設は独立した要塞《ようさい》でもあるのだ。

アレッサンドロは気を落ち着かせ、豪奢《ごうしゃ》な椅子に背を預けるとこれから自分が為《な》すべきことを思案し始める。

(まずは機関を撃退し、これを喧伝《けんでん》して機関に恥《はじ》をかかせる。そして、その後は……力を蓄《たくわ》え、もうこの国の中枢も押さえたいな。そうなれば張林も無用。これでアズィ・ダハーク様の国を建国する下準備としては上々だ)

「ククク、あの御仁《ごじん》にも報告を入れておくか。この体をくれた礼もあるしな」

その出自も正体も不明の男……だが、自分たちを匿《かくま》った挙句にこの半妖の体まで与えた人物をアレッサンドロは思《おも》い浮かべる。

「会ったのは能力者大戦時とドルトムント魔神《まじん》、そして最近では品川《しながわ》魔神の顕現時か」

(剣聖アルフレッド・アークライトが血眼《ちまなこ》になって探しているというが無駄なこと。我々でさえ、年に一度の決まった日時、そして僅《わず》かな時間しかコンタクトをとれぬ)

「異界の情報を少しずつしかもらえぬのは歯がゆいが……我々には時間はある。待つしかあるまい。御仁も時は必ず来ると仰っていたしな」

そう言うアレッサンドロからその人物に対する信頼のようなものがにじみ出ている。

「フッ、この国掌握《しょうあく》のあかつきには世界に散らばる同胞《どうほう》を集め、また仕掛けてみるのも面《おも》白《しろ》い。さしずめ……第二次能力者大戦というところか、ククク……」

愉快《ゆかい》気に、人間の顔とは思えない邪悪《じゃあく》な笑《え》みを漏《も》らす。

するとその時、アレッサンドロのいる執務室の扉《とびら》が慌《あわ》ただしく開かれた。

「あ、あなた！」

「どうした、ロレンツァ、そんなに慌てて」

「そ、それが来てください！　私の祭壇が！　侵入者《しんにゅうしゃ》かもしれません！」

「何⁉」

慌てるロレンツァの後をついていくアレッサンドロは嫌《いや》な予感がする。

「私が先ほど、呪詛を強化しようと祭壇の隣《となり》の部屋で祭器と呪詛の触媒《しょくばい》を選んでいた時に突然《とつぜん》、祭壇の部屋から大きな声が聞こえたと思ったら！」

「そんな馬鹿《ばか》な。我々に気づかせずにこの場所に……いや、その前にこの施設の敷地内《しきちない》に侵入《しんにゅう》しようとすればすぐに感知できるはずだ」

「はい、そのはずですのに！　見てください！」

「む？　こ、これは……」

そこには見事に破壊された祭壇と今まで呪詛に使用されていた祭器等の破片《はへん》が散らばっている。

「ば、馬鹿な……」

「あなた……すぐに闇夜之豹を展開せねば！　機関の仕業《しわざ》としか！」

「ああ、あり得ん！　この結界をすり抜けるなど……。だが分かった……すぐに緊急《きんきゅう》態勢を整える！　まだ内部にいるかもしれん！　ひっ捕らえてその皮を剥《は》いでくれる！」

「許さないわ……わたくしの大事な祭壇と祭器を！　どうやったのか分らないが……姿を見せないということは戦闘《せんとう》向きではないということ。必ず捕まえてくれる！」

ここでふと、アレッサンドロはロレンツァの言う大きな声、というところに引っかかる。

まさか……。

「ロレンツァ、その大きな声とはどのように聞こえたのだ？」

「クッ……複数の子供の重なるような声でした。確か……」

憎々《にくにく》し気《げ》に震えるように語るロレンツァ。

「それは……もしや……？」

子供のような声、と聞き、アレッサンドロは顔を引き攣《つ》らせる。

「確か、ドンガラガッシャーン！　と！」

「……！」

それを聞くとさすがのアレッサンドロも背筋に冷たいものを感じたのだった。

祐人《ひろと》は空港の売店で買ったパンを齧《かじ》りながら、多くの人が立ち往生しているのを見つめ、瑞穂《みずほ》たちと座りながら不審《ふしん》そうに首を傾《かし》げていた。

念のため変装をしているため、祐人はサングラスをつけ、瑞穂たちは男装をし、帽子《ぼうし》を深くかぶっている。

「祐人……何かあったのかしら？　ちょっと異常な雰囲気《ふんいき》ね」

「うん、何だろう？　ちょっと分からないね」

北京国際空港に現地時間で十二時半に到着すると空港内が騒然《そうぜん》としており、現在、一緒《いっしょ》に同乗してきた機関職員が北京市内に向かう車の手配に行ってくれている。

すると、しばらくして自分たちの父親役に扮《ふん》している田所《たどころ》という職員が帰ってきた。

「ようやく車の手配が出来ました、行きましょう」

機関職員に促《うなが》され、世界第二位の広さを誇《ほこ》る巨大《きよだい》な空港内を抜けて祐人たちは手配された個人タクシーらしき車に乗り込んだ。

「一体、何があったんですか？　ちょっと普通《ふつう》じゃないように見えましたが」

「はい、私も聞いてみたのですが、今、北京市内は都市インフラが一時的に麻痺をしているようなのです。空港はなんとか止まっていませんでしたが地下鉄等は止まっているようですね。信号も復旧しているところとそうでないところがあって、市内では相当な渋滞《じゅうたい》が出ているようです。このタクシーもやっとの思いで押さえたんです、だいぶ金額を釣《つ》り上げられましたが……」

職員はため息交じりの苦笑いで、助手席から上機嫌《じょうきげん》の運転手に目をやる。

「祐人……どうする？」

「どうもしないよ、瑞穂さん。予定通り、このまま行く。それにこれは都合がいいかもしれない。これなら目立たずに行動を起こしやすいよ。目標は北京から十キロ程度の距離《きょり》だから、どちらにしろ途中から車を使うつもりもなかったしね」

「ふふん、なるほどね。腕《うで》が鳴るわ……」

「私も準備できています」

移動の疲れも感じさせない二人に祐人は頷《うなず》く。

するとこの時……祐人が突然、ハッとしたような顔になり包帯が巻かれた左腕《ひだりうで》と右腕《みぎうで》をジッと見つめた。

「どうしたの？　祐人、突然、驚《おどろ》いたようにして」

「こ、これは……いや、呪いが……解けた、と思う」

「え⁉」

「本当ですか、祐人さん⁉」

「うん、多分、間違いないと思う。田所さ……父さん！」

「……うん？　どうしました？」

田所が鼻歌を歌う運転手の横から振り返り、祐人は一応、小声で話しかける。

「ちょっと機関に連絡《れんらく》をとってください。ひょっとしたら向こうでも呪詛が解けた可能性があります」

「なんと⁉　分かりました。すぐにメールを送ります」

この朗報に瑞穂は表情を喜色に染めて声を上げた。

「祐人！　じゃあ、秋子《あきこ》さんのも」

「うん、恐らくその可能性は高い。もしかしたら、僕《ぼく》の仲間がやってくれたのかもしれない。大手柄《おおてがら》だね、これは。何かご褒美《ほうび》をあげないと！」

「ええ！　それが本当なら大手柄よ！　祐人、私からもその仲間にお礼を言いたいわ、帰ったら会わせて頂戴《ちょうだい》」

「分かった！」

「じゃあ、祐人さん、後は……」

「うん……あの腐《くさ》った連中を叩きのめすだけだ。徹底的《てっていてき》にやるよ、瑞穂さん、マリオンさん。表向きは機関の反撃《はんげき》……でも、これはあいつらにとっての呪いだ。人を呪わば穴二つ、もはや人間すらも止めたあいつらをのさばらせておく理由も生かしておく理由もない」

「ええ、思い知らせてやるわ」

「はい、私なんかは当事者ですからね、私にとっては正当防衛でもあります」

祐人たちはそれぞれがそれぞれの顔つきで敵本拠地《ほんきょち》に乗り込む理由と覚悟を反芻《はんすう》し、三人を乗せたタクシーは北京市内に入っていった。

北京市内までは意外とスムーズに到着し、タクシーを降りると市内の混乱ぶりが祐人たちにも分かった。

「こりゃあ……思ったより混乱してるね」

「ええ、それにひどい空気だわ」

「本当に原因はなんなのでしょうか？」

「皆《みな》さん、私はここでお別れです。後はお任せします。私は後続の機関の人員を受け入れる手はずを整えなければなりません。あとは打ち合わせ通りに……」

「はい、ありがとうございます、田所さん。僕たちはこれからすぐに向かいます。その水滸の暗城ってところに……」

「分かりました。では……ご無事で！」

こうして祐人たちは人ごみの中に消えていった。


「まだ、見つからないのか⁉」

「はっ、申し訳ありません。今、施設内《しせつない》をくまなく探しておりまして、施設外周も総動員で見張らせておりますが……まだ」

水滸の暗城の私室でアレッサンドロは部下の報告を聞くと声を荒《あら》らげる。

「ぬう……急げ！　能力者の可能性が高い。闇夜之豹たちも動かすぞ。それと周囲の警戒《けいかい》を怠《おこた》るなよ、これが襲撃《しゅうげき》の下準備かも知れぬ」

「了解《りょうかい》しました！」

アレッサンドロはイライラしながら侵入者を探していた。

何者かが中に侵入したのは間違《まちが》いないのだ。

しかも、こうも容易く施設の中心部である祭壇にまでだ。

これを放置しておくことは機関の襲撃の際に禍根《かこん》を残す可能性もある。

たとえすでに逃していたとしても、その侵入方法や侵入の際に使った能力や術の仮説ぐらいは立てておきたい。

「どうだ、ロレンツァ」

「駄目ですわ、あなた。どの結界にも引っかかった痕跡《こんせき》も破壊されたところもないわ。あなたが構築した結界をすり抜《ぬ》けられる人間など……うん？　人間？」

「どうした？」

「あなた、もしかしましたら能力者ではなく人外の類では。それならばあなたの結界をすり抜けてくる可能性もあります。能力云々《うんぬん》ではなく、そういう存在であるような……」

「ふむ……あり得なくはない、な。だが、そういった人外であれば相当高位の存在だな。そこにいて、そこにいない、を体現できるような人外といったら神獣《しんじゅう》クラスと言ってもいい。そんな人外と契約《けいやく》できる能力者など世界を見渡《みわた》しても少数だ。今回、機関の日本支部が仕掛《しか》けてくるとなると……もしや、蛇喰《じゃはみ》家か」

アレッサンドロは有数な契約者《けいやくしゃ》を輩出《はいしゅつ》する日本支部所属の蛇喰家の噂《うわさ》は聞いたことはある。蛇喰家は有名であるが謎《なぞ》の多い家で、その契約人外の存在についても情報が洩《も》れてこない。

分かっているのは蛇神《へびがみ》と言われる強力な人外との契約に特化しているということだけだ。

「なるほど……それなら合点《がてん》のいくところがある。であれば蛇喰家で物理的な攻撃《こうげき》特化の契約者はあまり聞いたことはない。今回のこれは呪詛の破壊に主眼を置いた行動だろう。ということは、もう逃《に》げている可能性が高いな」

「ええ、随分《ずいぶん》と大胆《だいたん》なことをしてきましたわね。あなた、この田舎者《いなかもの》どもの処理は私に任せてくださいな。貴重な祭器を破壊した落とし前はつけさせてもらいます」

扇子《せんす》を握《にぎ》りしめて怒《いか》りを露《あら》わにするロレンツァからどす黒い魔力《まりょく》が滲《にじ》み出してくる。

「フフフ、でもあなた、これで機関の意図ははっきりしたわ」

状況《じょうきょう》の整理ができ、アレッサンドロも幾分《いくぶん》か落ち着きを取り戻《もど》した。

「ああ、これで終わりということはあるまい。機関も相当、頭にきているだろうしな。次は正面からここに仕掛けてくるか。よし、捜索《そうさく》はもういい。闇夜之豹を展開させて待ち伏《ぶ》せといく。後悔《こうかい》するがいい！　恥の上塗《うわぬ》りに機関は耐《た》えられるかな？　ククク……」

「さて、どんな能力者を派遣《はけん》してきたのか、楽しみですわね」

「機関のことだ。完全にここを潰《つぶ》せるほどの戦力は送ってこまい。ある程度、闇夜之豹を倒《たお》して、それを戦果に引き上げるつもりだろう。機関にしてみればそれで十分だしな。失敗した時のリスクや被害、それと面子を天秤《てんびん》にかけているだろう。奇襲《きしゅう》をかけずに先に呪詛を取り払《はら》おうとしたのがその証拠《しょうこ》だ。そう考えれば僅かな高ランクの能力者と中程度の能力者数名といったところだろう」

「フフフ、まあ中途半端な……でも機関らしい」

「まさか、あの機関が一般人を巻き込むことになる都市機能の混乱までするとは思わなかったがな。現場の能力者の独断かもしれんが」

このアレッサンドロの考察はある意味で正しかった。

というのも当初、日紗枝《ひさえ》が考えていた人選に近いものだったからだ。

日紗枝は個人的にも機関としても今回の闇夜之豹のやり方は看過できるものではない、と考えていた。

だが、それで大国中国の能力者部隊を壊滅《かいめつ》させるということまでは考えてはいない。

何故《なぜ》なら、それは現実的ではないからだ。

闇夜之豹という組織は大国に相応《ふさわ》しく、強力で強大だ。水面下とはいえ、能力者を使った全面戦争をする時のリスクは機関にとってもただ事ではない。

日紗枝は全力でやる、と言っていたが、それは機関の力を誇示し、闇夜之豹に土をつけて呪詛の破壊を目的とする意味合いが強かった。

とはいうものの、秘書の垣楯志摩《かきだてしま》が日紗枝のブレーキ役として力を発揮したことは言うまでもない。

しかし、最終的に起きた事実は……、

反撃を決意した当初の日紗枝にとっても、今のアレッサンドロが想定したものとも違《ちが》うものになっていた。

大国中国の強力な能力者部隊、闇夜之豹の本拠地に襲撃を仕掛けてきた人員は三人。

しかも三人とは少年、少女。

そして、その三人の少年、少女の目的は……、
闇夜之豹の殲滅《せんめつ》に他《ほか》ならなかった。

そしてついにその戦端《せんたん》が開かれる。


「伯爵様《はくしやく》！　何者かが敷地内に侵入しました！」

アレッサンドロへ急報が入る。

これと同時に日紗枝に連絡が入った。

〝大峰《おおみね》様！　堂杜《どうもり》君たちが仕掛けたようです！〟

それに対して報告を受けた二人は、ほぼ同じ感想を漏らす。

「ほう、思ったより早いではないか、機関の愚鈍共が！　闇夜之豹四十二名すべて出せ！」

「早いわね、着いてそのまま仕掛けるなんて。派遣した後続の部隊をすぐに向かわせて、志摩ちゃん！」

だが、その後の二人の思惑《おもわく》は異なっていた。

「いいか、部隊には返り討ちにした後、死体で構わんから、ここに連れてこいと伝えろ。その死体はローマの機関本部に送り届けてくれる！　ハハハ！　これで私の地位は盤石《ばんじゃく》！　この国の内側から新たな国家を立ち上げるぞ！　そして同胞を集め、最終的には妖魔《ようま》の下での平等な世界を構築する！」

「志摩ちゃん、急いで！　それで堂杜君たちを観察。苦戦しそうならすぐに介入《かいにゅう》して。まさかバルトロさんの仮説を闇夜之豹で試《ため》すことになるとは思わなかったわ。でも、この戦いぶりで分かることになるかもしれない。あのスルトの剣《けん》を倒し、ミレマー全土を救ったという存在が誰なのか。ただし、堂杜君たちの安全が最優先よ！」

そして今……祐人は燕止水《えんしすい》の生還《せいかん》を信じ、その燕止水と志平《しへい》、そして子供たちの居場所を守るために最前線に身を置く。

この敵は自身の目的のためだけに呪われる謂《いわ》れのない人間たちを呪った。

幸せに生きようとした人間の希望さえも奪《うば》おうとした。

その挙句にマリオンを生贄《いけにえ》にするために捕らえようとした。

このすべての行動が祐人の禁忌《きんき》に触《ふ》れたのだ。

祐人はその代償《だいしょう》を払わせるため、自らが敵の呪詛となり……修羅《しゅら》と化すのだった。

◆

「伯爵様からの指令です。謎の侵入者を速《すみ》やかに迎撃し、ここに連れてこい、とのことです。また、生死は問わない、敵の所属と正体を確認《かくにん》するために頭部だけは残しておけ、ときました」

闇夜之豹の指揮を任された【万骨《ばんこつ》】アバシは、その報告を受けてフンッと鼻を鳴らした。

水滸の暗城内にある指令室の指揮官席に座《すわ》り、右手の甲《こう》で頬杖《ほおづえ》をつく。

「謎の侵入者……とはな。一応、伯爵様も機関の能力者の証拠は欲《ほ》しいというところか。さて、本来こういう仕事は百眼《ひゃくがん》のものだが殉職《じゅんしょく》では仕方あるまい。一応、弔《とむら》い合戦《がっせん》とも言えるか。ではやるとしようか」

アバシは闇夜之豹では古株で皺《しわ》の多い顔に鋭い眼光を光らす。パキスタンから流れてきた能力者と言われているが、その過去は一切《いっさい》、誰も知らない。

闇夜之豹のメンバーは皆、こういった過去が不明の流れ者が多い。

自ら売り込んできた者もいればスカウトされた者もいる。

知っているのは互《たが》いの本名かどうかも分からない名前だけだ。とはいえ、これはどこの国の能力者部隊に同じことが言えるだろう。誰もお互いのことに干渉《かんしょう》をしないのが暗黙《あんもく》の了解であるので、別段問題があるわけではない。

アバシは集められ、すでに展開している全闇夜之豹に指示を出す。

「詳細《しょうさい》は知らんが機関の面子を傷つけたらしい。奴《やつ》らがここまで来たのも分かる。だが、それは我々も同じだ！　我々も舐《な》められたら終わりの稼業《かぎょう》。どんな大義名分も力がなければ何も通すことはできん！　行くぞ！」

そう言うとニヤリと笑う。

「一般《いっぱん》兵は敵を発見次第《しだい》、弾幕《だんまく》を張って足止めに終始しろ。闇夜之豹の到着を待て！」

そこに通信兵から報告が入った。

「敵は東側から来たようです。森の中を移動中で、今、第五特殊《とくしゅ》部隊が交戦を開始しました。その数はまだ不明です」

「この闇夜之豹の居城まで来たんだ。それなりの陣容《じんよう》だろう！　東側だけとは限らん。とりあえず東側が先鋒《せんぽう》ということだ。東側に展開中の闇夜之豹第一部隊で応戦して、第三部隊も向かわせろ。その他の隊は他方面の警戒、索敵《さくてき》を怠るな！」

集められた闇夜之豹は総勢四十二名、そう考えれば実に日本で三分の一の戦力を失ったが、その陣容はいまだ大国に相応しい数と実力を有していた。

それをアバシは七つの部隊に編成し、東西南北に四部隊、中央に三部隊を配置している。

また、それに加え水滸の暗城直轄《ちょっかつ》の特殊訓練を受けた兵が約百名、それに加え、まだ到着はしていないが軍からの応援《おうえん》部隊、二個中隊約三百五十名がこちらに向かっているはずだ。

これは闇夜之豹を除いたとしてもちょっとした地域紛争《ふんそう》を鎮圧《ちんあつ》できるほどのものだった。

「伯爵様も大袈裟《おおげさ》……慎重《しんちょう》な方だ。これだけの陣容を用意する必要はあったのか？　いや、それこそ先に手を打ったという意味では流石と言うべきか。ククク、まあ東側はこれで十分だろう。東側には……あの【岩壁《がんぺき》】ドルゴルと【瞬《またたき》】趙一鳴《チャオ・イーミン》がいる」

アバシは蓄えた顎髭《あごひげ》を弄《いじ》りながらニヤリと笑う。

「裏での我々の風評は聞いている。闇夜之豹は機関で言うランクBクラスの能力者が多数所属とな……。愚かな、それを我々が流したものと、どうして疑わんのだ。この二人と会えば嫌でも思い知ることになる。たかが機関の一支部が調子に乗りおって。そのツケは派遣された憐《あわ》れな能力者の犠牲《ぎせい》で払えばいいわ！　そしてこの勝利を伯爵様のために捧《ささ》げる！」

そう言い、アバシは余裕の表情で足を組んだその時、水滸の暗城そのものが大きな振動《しんどう》に包まれ、アバシは思わず椅子《いす》から落ちそうになった。

「何だ⁉　何が起きた！」

「分かりません！　まるで砲撃《ほうげき》のような爆発《ばくはつ》が⁉　ちょっと待ってください！　東側からだそうです！　ハッ、また来ます！」

施設全体が揺《ゆ》れ、頑丈《がんじょう》に作られた指令室の天井《てんじょう》から埃《ほこり》が落ち、窓ガラスもガタガタと大きな音を立てる。

「ぬう！　敵は東側に中、長距離攻撃《ちょうきょりこうげき》できる能力者を集中させているのか！　こちらも炎使い《ファイアスターター》、精霊《せいれい》使いを出せ！　術の震源《しんげん》感知はどうした！　どこだ！」

指令室にいる術感知特化能力者がアバシの問いに小声でブツブツと何かを答えた。

その横には報告担当のオペレーターが感知能力者の口元に耳を近づけてメモを取り、大きな声を上げる。

「東側、二キロの位置です！　精霊使いだと言ってます！」

「馬鹿な！　そんな遠距離《えんきょり》からこの火力だと⁉　こちらからは届かん……闇夜之豹を割くか……いや、東側に集中させすぎては……それが敵の狙《ねら》いかも知れん」

「報告！　足止めをしていたはずの第五特殊部隊が音信不通です！」

「何だと⁉　足止めもできんのか！　構わん、闇夜之豹以外は全員出せ！　足止めぐらいして見せろ！　役立たずどもが！」

矢継ぎ早《やつぎばや》の悪い報告にアバシは考える暇《いとま》も与《あた》えられない。

「むう、だがそう簡単にはこの伯爵が張った結界は突破《とっぱ》されん。仕方あるまい、先ほど向かわせた闇夜之豹第一、第三部隊に連絡。敵の先鋒を撃破《げきは》後、遠距離《えんきょり》攻撃《こうげき》してくる精霊使いを襲《おそ》え！」

このアバシの出した指示はさほど間違えたものとも言えないだろう。

アバシでなくとも闇夜之豹の居城にまで攻め込んできた者たちがそれなりの作戦を立て、それなりの人員を投入してくるに違いないと考えるが通常だ。

だが、この時のアバシの指示は結果的に決定的に誤っていたと言える。

まず第一に敵の人員を見誤っていた。

仕掛けてきた敵は僅か三人。

この人員で多方面からの攻撃はあり得ない。実際、祐人たちは東側から全力で仕掛けると決めていた。そのため、西南北に配置した闇夜之豹はこの時点で完全に遊兵と化した。

第二に敵能力者の個々の戦闘力《せんとうりょく》。

攻めてきたのは機関の誇るランクAの能力者、四天寺《してんじ》瑞穂とマリオン・ミア・シュリアン二名とあの燕止水を倒したランクDの堂杜祐人であったのだ。

「……アバシ様」

「今度は何だ⁉」

「それが……」

「だから何だ、早く言え！」

「は、はい！　闇夜之豹第一、第三部隊共に……音信不通です！」

やけくそ気味に答えた通信兵の報告に、アバシは瑞穂の重攻撃のために起きた新たな振

動のためだけではなく、指揮官の椅子の背もたれからずり落ちた。

今、祐人は東側の森に展開してきた敵特殊部隊の銃弾《じゅうだん》の嵐《あらし》の中を平然と移動していた。

「右に行ったぞ！　足止めをしろ！」

「は、はい！　ですが、速い！　速すぎます！　追いつきません！」

「馬鹿者《ばかもの》！　倒そうとするな！　足止めをするだけで……」

指揮をしていた特殊部隊隊長がその場に突如《とつじょ》、倒れこむ。

「隊長！」

それが意識を失う前までのこの兵の最後の記憶《きおく》であった。

後にこの兵はこう証言している。

「動く人影《ひとかげ》のようなものに十五名で銃撃《じゅうげき》をしていたはずでした。ですが……気づいた時にはもう……。いえ、顔も何も、それどころか何をされたのかも分かりません」

と。

祐人は十五名の兵をあしらうとすぐに移動を開始した。

こちらへ向かって来ているだろう闇夜之豹にこちらから仕掛けるためにだ。

祐人に迎撃《げいげき》という意識は一切ない。

何故なら、攻めているのは自分たちなのだ。

今までのように襲撃をしてきた敵を追い払うような真似《まね》はしない。

すべてこちらから出向き、好きな時に好きなように敵に襲い掛《か》かるのみであった。

祐人は前面から尋常《じんじょう》ではないスピードで自分にもう突進《とっしん》してくる能力者を感じ取っていた。

(相当、速いな……。三、二、一……!)

祐人は木々の間からいきなり眼前に現れた【瞬】趙一鳴とすれ違う。

一鳴は両の手にナイフを握りながら目を大きく開けた。

何故なら、久しぶりなのだ。自分の第一撃《いちげき》目を躱《かわ》した敵は。

趙一鳴は闇夜之豹内部の実力者であり、こと暗殺という意味では他の追随《ついずい》を許さない対人戦闘の達人であった。

そのため機関の対人、対能力者の専門部隊を仕切るランクSのバルトロでさえ一目を置くほどの能力者である。

趙一鳴は急停止し振《ふ》り返るとさらに驚きの目を向けた。

自分の一撃を躱した人物が少年であり、さらには全身に包帯を巻いているではないか。

「貴様！　一体、何者だ！　それにその包帯は何だ、ブラフか⁉」

「あんたにそれを知る時はすでにないよ」

「何を……ブファ！」

一鳴は自らの口から血が噴《ふ》き出し、その血によって言葉を遮《さえぎ》られる。

そして血と一緒に認識票《にんしきひょう》を吐瀉《としゃ》し、自身の胸から背中にかけて熱く焼けるような痛みが走った。

「ご、ごれは……発勁……いつの間……」

「やはりね……仙氣を全身に強く当てれば認識票は破壊できそうだ。まあ、あんたが強くて良かったよ」

祐人はすでに一鳴を見ておらず、先行した一鳴を後から追いかけてきている他の闇夜之豹、スピードに特化した第三部隊を察知しているようだった。

「手加減が分からなくて殺すところだったね。まあ、場合によってはそれも辞さなかったけど。あ、その氣が乱れた状態じゃ、当分、能力を振るうのは無理だから。ふーん、どうやら重力に干渉して軽身の術と身体強化を合わせてるんだ。動体視力に自信がないと駄目《だめ》だね」

祐人は淡々《たんたん》と独り言のように呟《つぶや》くとその姿は消え、同時に趙一鳴の視界は暗転し、その数分後には闇夜之豹第三部隊は壊滅した。

「ドルゴルさん！　どこに行くんだい⁉　アバシの親父《おやじ》は先行してきた奴を一鳴と一緒に叩けって言ってたぜ！」

闇夜之豹第一部隊を任された【岩壁】ドルゴルは自部隊の隊員の問いかけを一笑《いっしょう》に付した。

「バーカ野郎《やろう》！　そんなもん、一鳴の野郎がとっくにやっちまうだろうが！　そっちは足だけが取り柄《え》の野郎に任せて、あの砲撃みたいなのぶっ放してる野郎に行った方が効率的ってもんだ！」

「おお、なるほど！」

「あいつに合わせて動いていたら手柄をすべて持ってかれるだろうが！　アバシの親父も

分かってねーんだよ！」

「……」

「あん……？　おい、聞いてんのか？」

返事のない自分の部下にその巨体《きょたい》からは考えられない身軽さで移動しながら振り返ると後ろについてきているはずの部下たちがいない。

「おい、お前ら！　どこに行った⁉」

「みんな寝《ね》ているよ」

「は？　……フグゥア‼」

耳元で声が聞こえたかと思うとドルゴルの横腹に数トンの鉄球を受けたような衝撃《しょうげき》が走り、その巨体が吹《ふ》き飛んだ。

ドルゴルは自身の体で水平に滑空《かっくう》し木々をなぎ倒すと止まり、ようやく自分が攻撃を受けたのだと分かる。

「だ、誰《だれ》だ⁉」

「馬鹿な質問だよね。お前に攻撃を仕掛けてるんだ。敵に決まってるだろうが」

「何⁉　てめぇは！　チッ、一鳴とすれ違ってこっちに来やがったか！　ハン、それはそれで構わねーか。こちらに来たのは間違えたな！　これでてめぇは一鳴と挟《はさ》み撃《う》ちだ！」

「へー、中々、丈夫《じょうぶ》だね」

ドルゴルは祐人の物言いに額に血管を浮《う》き上がらせ、立ち上がると上着を脱《ぬ》ぎ棄《す》てる。

すると肌《はだ》が露わになった上半身は見る見るうちに岩のようにグレーに染まっていき、そのまま祐人に襲い掛かった。

「てめえの軟弱な攻撃が俺様《おれ》に通じるか！　俺は【岩壁】だ、そこら辺のミサイルが直撃《ちょくげき》しても問題ねぇ！　それにその怪我人《けがにん》の姿は何だ⁉　ふざけてんのか！」

力任せに突《つ》き出すドルゴルの右拳《こぶし》は数十トンの力を内包し、祐人の顔面に迫《せま》る。

だがその超重量《ちょうじゅうりょう》の拳は祐人の顔面に当たる直前に上方にはじけ飛んだ。

ドルゴルの岩肌《いわはだ》の右腕が痺《しび》れ、大きく体が仰《の》け反《ぞ》る。

何が起きたのかドルゴルには一瞬《いっしゅん》、分からなかったが、見下ろせば目の前の少年が自分の右拳を蹴《け》り飛ばしたのが分かり驚愕《きょうがく》の目を向けた。

「なっ！　何だ⁉」

「自分の防御力《ぼうぎょりょく》を過信しすぎだよ、この木偶《でく》の坊《ぼう》！」

言うや祐人がドルゴルの懐《ふところ》に入り、先ほど攻撃を受けた横腹に掌打を繰《く》り出そうとしているのが見える。

それを視認《しにん》したドルゴルは内心、ほくそ笑んだ。

(馬鹿が……やってみろ！)

実はドルゴルの真骨頂は、その圧倒的《あっとうてき》な防御力と怪力《かいりき》を生かした打撃力《だげきりょく》ではない。

防御力を生かし、敵の攻撃を受けて隙《すき》の生じた相手を捕《と》らえ、組技、寝技にもっていくことがドルゴルの最大の武器であった。

(組んだ相手は瞬殺されて、寝技までいった奴は知らねーがな！)

祐人が右掌打を自分の横腹に当てた刹那《せつな》、ドルゴルの左腕が祐人の右腕を掴《つか》む。

「馬鹿が！　とったぁぁ！　……ゴホァァァァ!!」

ドルゴルは盛大に息と血を同時に噴き出し、祐人の右腕を掴む左手に力が入らない。

「馬鹿はあんただ」

祐人が無表情に言い放つと祐人が外した掌打のドルゴルの横腹は、まさに岩が粉々に砕《くだ》けるように剥《は》がれ落ち、次第にそのヒビは全身を巡《めぐ》ると体中の岩の鎧《よろい》がはじけ飛んだ。

完全に意識を失い、倒れたドルゴルを見下す祐人は認識票が吐《は》き出されたのを確認し、瑞穂の重攻撃を受け続けている水滸の暗城に目を移す。

「待ってろ……アレッサンドロ・ディ・カリオストロ伯爵。お前にかけた僕の呪《のろ》いは、こんなもので解けると思うな」

そう言う祐人の姿はすでにそこにはなかった。

「意外としぶといわね、あの結界。あと少しな気もするんだけど。マリオン、そちらはどう？」

瑞穂はしかめっ面《つら》で機関が用意してくれた通信機器でマリオンに連絡をとった。

〝あ、はい、瑞穂さん。祐人さんの遊撃《ゆうげき》のおかげで大分、浮足立《うきあしだ》っているみたいです。東側の敵を一掃《いっそう》して、今は施設《しせつ》北側に着きました〟

通信機から聞こえるマリオンの声色《こわいろ》は日常と何ら変わりがない。とても今、戦場のど真ん中にいるとは思わせないものだった。

〝あ、祐人さんが今、北側の闇夜之豹に仕掛けました〟

「もう？　まったくどんなスタミナをしてんのよ、あいつは。それで祐人は何か言ってた？」

〝はい、そのままどんどん好きな術を打ちまくって欲しい、と言ってました〟

「ふむ……分かったわ。それにしても……すぐに本丸に討《う》ち入らずに、敵の戦力を根こそぎ潰す気なのね、祐人は」

〝はい……相当、頭に来ているようでしたから〟

「それは私も同じよ！　結界が壊《こわ》れるまでぶち込んでやるわ。試したい術もすべててね……

ふふふ」

〝み、瑞穂さん、声が怖《こわ》いです。あ、合図が来ました、私も行きますね！〟

「ふ、普通よ！　それより……何をする気なの？　マリオン」

〝いえ、ちょっと強めの浄化《じょうか》の術を闇夜之豹の部隊に展開するだけですよ〟

「え？　妖魔でもない人間に浄化術をぶつけるって……効果なんてあるの？」

〝あ、命に別状はないです〟

「え、命って……あなた」

〝ただ、ちょっとだけ……全身が砕け散りそうな苦痛が走るだけです。神の純粋《じゅんすい》で強い神聖さは、人間にはつらいんですよね。私たちはそういう修行《しゅぎょう》を経てエクソシストになっていますけど、人間は業が深い生き物ですから……。ましてやあの人たちだと……ふふふ、大変だと思います。あ、ではまた！　ハアア！　ディバイン・アース！〟

　そこで通信が切れた。

「あんたの方がよっぽど怖いわよ！」

　独り大声を上げるが、瑞穂は息を吐き、遠方に見える水滸の暗城を睨《にら》む。

「マリオンも相当、怒《おこ》っているわね、普段《ふだん》、温和な人間がキレると……ちょっと相手に同情するわ。じゃあ、私も再開しようかしら。今度は……大地の精霊たち、お願いね」

天才と謳《うた》われ、世界中の能力者たちが注目する次世代の精霊使い、四天寺瑞穂の周囲に凄《すさ》まじい数の精霊が集められる。

瑞穂は精神を集中して、術の完成までに霊力《れいりょく》を惜《お》しみなく投入した。

「天を支える母なる大地よ、育《はぐく》め、慈《いつく》しめ、そして、すべてを土に返せ！　いけぇぇぇ‼」

精霊使いに詠唱《えいしょう》の必要はない。この詠唱は四天寺流の精霊との感応力強化に編み出されたものだ。特に戦略級の大技《おおわざ》を放つ際に紡《つむ》がれることが多い。

「結界は大地の下まで張ってるのかしら⁉」

今、瑞穂から見て二キロ先の水滸の暗城の手前から巨大な地割れが出現し、大地が唸《うな》りを上げて襲い掛かった。

◆

「次、行くよ、マリオンさん！」

「祐人さんは好きに動いてください！　私が防御《ぼうぎょ》しながら祐人さんの周囲を撹乱《かくらん》します」

「分かった、お願い！　でもさっきも言ったけど僕からは……」

「心配無用です！　絶対に離れません。祐人さんはただ敵を倒すことだけを考えてください」

普段から温厚《おんこう》なはずのマリオンの顔は真剣《しんけん》そのものでピシャリと応答する。

祐人は頷くと闇夜之豹の部隊及《およ》びその周囲に配置されている中央亜細亜《ちゅうおうあじあ》人民国軍の特殊部隊へ襲いかかった。

途端《とたん》に林の中から多数の兵士の悲鳴と銃撃音《じゅうげきおん》がこだまする。

祐人を相手にする兵士たちは不幸でしかない。祐人の常人離《ばな》れした動きとスピードは長年の厳しい訓練を施《ほどこ》された兵士でさえ捉《とら》えることができない。

しかも祐人は木々の間を自由に跳《と》び回るため、兵士たちはこの襲撃者《しゅうげきしゃ》の姿を平面で追うのではなく空間で追わなければならない。

隊列を組んでいた最後尾《さいこうび》の仲間が倒され、ようやく他の兵士たちが影《かげ》のようなものを捉えた。もう勘《かん》でもいい、と残った兵士が一斉《いっせい》に銃口《じゅうこう》を影に向ける。

「ディバイングラウンド！」

直後、どこからか若い女性の声が鳴り響《ひび》く。すると辺りの地面がサークル状に光《ひか》り輝《かがや》き、その地面の上にいた兵士たちは全身に走る激痛に我を失う。

「ぬうあぁぁぁぁ!!」

戦闘力を失った兵士たちは無防備に祐人から当て身を受けて完全に沈黙《ちんもく》した。

祐人は一息つくこともなく次の獲物《えもの》を物色しようとすると、左右の木々の間から異形の獣《けもの》が祐人に飛び掛かってきた。闇夜之豹の能力者が召喚《しょうかん》した魔狼《まろう》である。

祐人は魔狼を無視して前方に飛躍《ひやく》して突進する。

躱されたと思った魔狼はすぐさま祐人を追跡《ついせき》しようとした途端……光のカーテンに包まれて消滅《しょうめつ》した。高速移動する祐人についてきているマリオンが浄化したのだ。

その後、前方から祐人を狙った数百の魔力の矢が押《お》し寄せる。

だが祐人は止まらない。何もなかったかのように敵の本体へ最短距離《きょり》で向かう。

「聖循《せいじゅん》よ、守りなさい！」

祐人の目の前に展開された聖循が矢をすべて弾《はじ》く。

「ハアア！　ディバインミスト！」

続けざまにエクソシストの空間浄化術を展開。

祐人を中心に薄《うす》い霧《きり》が広がると周囲に配置されていた不可視の召喚魔《しょうかんま》である魔蝙蝠《デーモンバット》がバタバタと落ちて浄化される。

そして祐人は最短の距離と時間で北に配置された七人の闇夜之豹部隊と会敵し、その一分後には壊滅させた。

マリオンがいることで祐人の神経はすべて敵への強襲《きょうしゅう》、駆逐《くちく》に注がれている。

祐人は自分から二十メートルと離《はな》れずに援護《えんご》をしてくれたマリオンへ振り返り微笑《びしょう》を一瞬だけ見せるとすぐに水滸の暗城の西側へ移動を開始した。

「特殊部隊は完全に沈黙！　北に配置した闇夜之豹の部隊が通信途絶《とぜつ》しましたぁぁ！」

「ば、馬鹿《ばか》な……」

アバシは次から次へと入ってくる通信兵の悲鳴にも似た凶報《きょうほう》に新しい指示が出せないでいた。

呆然《ぼうぜん》とし、口を大きく開けて事態の進む速度に頭が追いつかない。

今は攻撃が止《や》んでいるが、遠方から仕掛けてくる敵の精霊使いと思われる能力者にたどり着くなど、それ以前の問題。

「敵は……機関は如何《いか》ほどの戦力を投入してきたんだ！　闇夜之豹が、我らが誇《ほこ》る闇夜之豹がこうも容易《たやす》く蹴散《けち》らされ……」

「アバシ様！」

いい加減、聞き飽《あ》きた通信兵の悲鳴。

アバシは通信兵にうつろな目を向ける。

「西側の……死霊《しりょう》使い特化の闇夜之豹も壊滅しました……」

「……な、何が起こっている。私は夢でも見ているのか？　三十分も経《た》たずに敵の姿も捉えられず……。これでは伯爵様に何と言えば……！」

さらにはこれでは終わらなかった。

指令室内にいる術感知特化能力者が小声でブツブツ何かを言い続けている。

その横で感知能力者のお付きのオペレーターが耳を傾《かたむ》けていると、その顔がみるみる青く染まっていった。

「は⁉　何だって⁉　アバシ様！　報告します！」

「つ……次は何だ！」

アバシは声は大きいが力のない返事を返す。

「東側から今までに感じたことがない強大な力が生まれている。規模にして戦略級の術が……え？」

報告の途中《とちゅう》で感知能力者が小声でさらにブツブツ言い出した。

すると感知能力者が体を震《ふる》わせ耐え切れなくなったように、その場から逃げようとする。

それを力ずくでオペレーターが押さえる。

その配下の異様な様子を見ながらアバシも驚愕した。

「戦略級だと⁉　で、では……機関はまさかSランク級の能力者を投入してきたのか！」

アバシは司令官のデスクを両手で叩《たた》く。

ようやくここにきて敵の目的が見えてきたのだ。

自分たちの想定とは全く違う、この敵の目的が。

「完全に見誤った！　いや、伯爵様もだ。何ということだ、何ということだ！　甘《あま》いのは我らだった！　機関はやる気なのだ！　あいつらは小さな戦果を持ち帰る気などない。あいつらは我々を殲滅する気だった。それでは戦力の逐次《ちくじ》投入をした我々は下の下の策をとったことになる。むう、私も出るぞ！　残った闇夜之豹を中央に集中させるのだ！　私が直に指揮をとる！」

そうアバシが指示を飛ばしたと同時に力ずくで感知能力者を押さえていたお付きオペレーターが力を失ったように感知能力者をとり逃がしてしまう。

「アバシ様……」

「何だ！　俺は前線に出ると！」

「いえ……敵の術が来るそうです」

「何、いつだ！」

「今です……」

「……は？」

この会話の直後、コンクリートの床《ゆか》が大きく揺れ、すべての視界が斜《なな》めに傾いた。

体にも響く轟音《ごうおん》と地揺れと共に天井と床に大きなひびが入る。

指令室内は阿鼻叫喚《あびきょうかん》の坩堝《るつぼ》と化し、同時に指令室内のアバシと兵たちは指令室内の機器と共に裂《さ》かれた床の穴に落ちていった。

今、大きく裂けた大地の上で五階建ての水滸の暗城が拉《ひしゃ》げたように大きく斜めに傾いた。

◆

「な、何なの⁉　何が起きているの、これは！　あの闇夜之豹が駆逐されていく！」

十数分前、祐人たちに僅《わず》かに遅《おく》れて到着《とうちゃく》した面々は、今もなお進行形で起きている目の前の現実が信じられない。

彼《かれ》らは世界能力者機関日本支部から派遣された能力者たちである。

水滸の暗城の南方から、その面々の中心にいる垣楯志摩は愕然《がくぜん》としていた。

彼女《かのじょ》の使命は、この闇夜之豹との戦闘《せんとう》でランクDである堂杜祐人の能力を確かめることに主眼を置きつつ、何かあれば即座《そくざ》に戦闘に介入し、先行した祐人、瑞穂、マリオンを回収することだった。

本来、介入する準備を整えておくとはいえ、あの闇夜之豹を相手に新人三人を先行させて仕《し》掛《か》けさせることなど常軌《じょうき》を逸《いっ》した判断と言われても仕方がない。

だがこれは「ランクDの堂杜祐人は機関のS級危険指定されていたスルトの剣を一人で壊滅させた可能性がある」という、これもある意味、常軌を逸した情報を機関本部の幹部バルトロから受けて今回の判断がなされた。

日本支部の長、日紗枝も当初はこの突飛《とっぴ》もない話を懐疑的《かいぎてき》にとらえ、この調査自体に積極的ではなかった。

ところが事態は思わぬ方向に転び、日本の投資家たちとその家族を襲った呪詛《じゅそ》やマリオン襲撃《しゅうげき》など経て、最終的に闇夜之豹でその実力を試すことになってしまった。

とはいえ相手は闇夜之豹だ。志摩も場合によっては戦闘を回避《かいひ》して、撤収《てっしゅう》しても構わないと日紗枝に言われている。

そして志摩もその指示を当然と考えていたのだ、
それほどの組織力を持っているのだ、大国の誇る能力者部隊闇夜之豹は。

「こ、こりゃあ……」

「これを……新人たち三人で？」

「し、信じられん。四天寺家のご息女は……あの距離から、しかもまるで戦艦《せんかん》の砲撃ではないか」

「いやいや、それよりもだ！　先行している奴はランクDって言ったよな！　こちらからは把握《はあく》すらできないが、闇夜之豹がどんどんやられているぞ！　一体、どういう部類の能力者なんだ⁉　相手は闇夜之豹なんだぞ⁉　【岩壁】は！　【瞬】は！　【百眼】に【四本腕《よんほんうで》】は！　闇夜之豹の恐《おそ》れられた死霊使い共はどうしたんだ⁉」

この日のために連れてこられた七人の能力者たちも志摩の後方で度肝《どぎも》を抜《ぬ》かれているようだった。

「あの遠距離攻撃をしているのは瑞穂さんで間違《まちが》いないわ。ということは前線に出ているのは堂杜君とマリオンさんだろうけど……マリオンさんは相手が妖魔の類を除いては守りに偏《かたよ》った能力者よ。じゃあ、やはり最前線で闇夜之豹を潰《つぶ》して回っているのは堂杜君に……し、信じられないわ！」

ここに来ている中で唯一《ゆいいつ》の非戦闘系能力者でありランクAAとなる日本支部の誇る人材、多門菜月《たもんなつき》が地面に綺麗《きれい》に配置した石を眺《なが》めている。

「北側にいた闇夜之豹と思われる能力者六名もやられたみたい……」

菜月は肩《かた》ほどの長さのグレーの髪《かみ》を垂らしながら、地面に水滸の暗城を模したリンゴほどある大きさの石を置き、北側に配置した小石六つを横に除《よ》けた。

「マ、マジかよ！　仕掛けたと聞いてから三十分も経ってないぞ。志摩さん、誰なんだい、このランクDは！」

「分からないのよ。だから多門さんを呼んだの、それを知るために……ね」

志摩は日紗枝に連絡《れんらく》を繋《つな》ぐ。

〝志摩ちゃん？　どう、状況《じょうきょう》は。堂杜君たちは無事なの？〟

「大峰様……圧倒的です。彼は……私たちは今、とんでもないものを見せられています」

「よく聞こえないわ……どうしたの？　志摩ちゃん」

「堂杜君は圧倒的です！　闇夜之豹四十二名を前にしてほぼ一人で既《すで》に約半分を再起不能に追い込んでます！　しかも、ものの三十分も経っていません！　その戦闘力は何と比べて、なんと形容していいのか」

「そ……それは⁉　詳《くわ》しく教えて！」

「はい！　あ、ちょっと待ってください！　あ、あれは⁉　な、何をする気なの⁉」

その時、水滸の暗城の東側二キロ付近、まさに瑞穂のいるところから凄まじい霊力が弾けたのを志摩を含《ふく》む全員が感じたのだ。

闇夜之豹たちもさすがにこれを感じとったのか、菜月の下に配置してある二十個近い小石がそれぞれ勝手な方向に散りながら動いている。

どうやら混乱しながらも大規模精霊術を回避しようとしているようだった。

そして、今、志摩たちはとんでもないものを目にする。

志摩たちの前方でモーゼの十戒《じっかい》の海が割れるシーンのように水滸の暗城の真下の大地が割れ始めたのだ。

志摩たちは呆然としてしまい……だが、理解する。

(な、なんてチームなの……この三人は。たった三人で、こんな!)

驚《おどろ》くべきは堂杜祐人だけではないのだ。

いや、堂杜祐人が今はじき出している実績は規格外も甚《はなは》だしい。

ただ、その堂杜祐人の存在感に埋没《まいぼつ》しない少女がいる。

志摩たちは堂杜祐人に続き、その計り知れない力を秘《ひ》めた若い精霊使いの術に度肝を抜かれたのだった。

◆

水滸の暗城での戦端《せんたん》が開かれた直後、アレッサンドロとロレンツァはアバシに指揮を預けてアレッサンドロの執務室《しつむしつ》にいた。

祭壇《さいだん》のようなものが描《えが》かれた図面の上でマリオンの髪の毛《け》を置いている。

「あなた、どうかしら?」

「ククク、ああ、想像以上だ。お前の持って帰ってきたこの髪の毛でも数分以上はアズィ・ダハーク様をお迎《むか》えできる。これだけの力が秘められていることを考えると、あの小娘《こむすめ》はまだ自分の力に目覚めていないとも言えるな。完全な顕現《けんげん》は無理だが、これで我々のプレゼンスは否《いや》が応《おう》でも上がる。この国でも世界でも」

「まあ、フフフ、安心しましたわ。闇夜之豹に魔神《まじん》の召喚……これだけの手札があれば」

「ああ、この後、機を見てオルレアンの娘《むすめ》を改めて捕らえに行けばいい」

「そうだわ、あなた。ついでに四天寺の精霊使いどもと死鳥《しちょう》の残した役にも立たない人質《ひとじち》も……」

「消すぞ。四天寺は戦力と準備を整えて潰す。人質のガキどもは見せしめの意味もある。これの後、速《すみ》やかに殺せ。我々に従い、役に立たなければどういうことになるか内外に示さんとな」

「フ、死鳥も憐れなこと。死力を尽《つ》くしても何も守れないとは。人質には何の価値はないと必死に演じていたのも、今となれば滑稽《こっけい》ね。ああ、可笑《おか》しい」

「愚《おろ》かな奴《やつ》よ。まあ、ただの役立たずだったということだ」

「では、どうします？　ここでアズィ・ダハーク様をお招きするという手もありますわ。そうすれば……機関も他の組織の者もそう簡単には私たちに手を出せない、と考えましょう」

「ふむ……」

それは難しい選択《せんたく》だ、とアレッサンドロは考える。

確かに今、魔神アズィ・ダハークを顕現させれば全世界に対し、ロレンツァの言うような状況を作ることもできるだろう。

そして、そうすればこの国だけでなく、世界に対してもイニシアチブを握《にぎ》ることになる。

だが今、現状では魔神の召喚ができるのは一回きり。

呼んでしまった後はマリオンを捕らえるまでブラフで通すことになるだろう。

いつでも魔神を呼べるぞ、と思わせておかなければならない。

また、自分たちもせっかく手に入れた奥《おく》の手《て》を使ってしまうことになる。

「いや、とりあえずはここまで来た機関の連中を蹴散らせばいいだろう。焦《あせ》る必要はない」

「はい、では、私は外の様子でも……！　これは⁉」

この時、まるで大砲《たいほう》を撃ち込まれたような揺れが執務室内にも起こり、デスクの上に置いてあるグラスがカタカタと揺れた。

「ほう……思ったより高位の能力者を揃《そろ》えたか。機関も思ったより腑《ふ》抜《ぬ》けでもなかったようだな。だが、すぐに止むだろう。今、闇夜之豹が出ているはずだ。それにこの結界はそう簡単には破られはせん」

「フフフ、そうですね。それでは私は水晶《すいしょう》で高みの見物といきますわ。それで、あまり面《めん》倒《どう》であれば……」

ロレンツァはそう言い、右手から四十二本のチェーンを取り出し認識票を垂らした。

「フッ、場合によってはな。おい、あまり派手に使うなよ、ロレンツァ。闇夜之豹の連中を妖魔《ようま》化させれば元には戻《もど》せん。また能力者を集めるのは面倒だからな」

「はい、分かっております」

ロレンツァはアレッサンドロに笑《え》みを返して背を向けると執務室の扉《とびら》を開け、別室に三人で入って行く。

ロレンツァの後ろをついて歩く、その二つの存在は当初から執務室の中にいた。

ただまったくその存在にアレッサンドロもロレンツァも気づかないだけだったのだ。

（鞍馬、鞍馬～。こいつら悪そうだな！　ここに辛抱強《しんぼうづよ》く残った自分たちは何という勇者！）

（おうさ！　筑波！　決して逃《に》げようとした時に見つけた茶棚《ちゃだな》の洋菓子《ようがし》にはまっていたわ

けじゃないのさ！）

（でもでも鞍馬。これからどうする？　このまま逃げる？）

（呪詛っぽい祭壇は壊したし、あとは首領に褒《ほ》められるだけ！　帰るぞ、筑波！）

（おお！　じゃあ残った意味はなかったな！　鞍馬）

（そうだな！　筑波）

「……うん？」

ロレンツァが怪訝《けげん》そうに振り返る。

「気のせい……かしら？」

（危なかったぞ、鞍馬！　あんまり興奮するのは駄目！）

（こいつ勘が良いな、筑波！　ふうー、紙一重《かみひとえ》だった！）

ロレンツァは首を傾《かし》げるが、そのまま大きな水晶玉《すいしょうだま》が置かれたデスクの前に腰《こし》を下ろした。すると……ロレンツァの体から魔力《まりょく》が流れ出し、その両手で水晶玉を包んだ。

呪術師《じゅじゅつし》であり占《うらな》い師《し》でもあるロレンツァは水晶を通し、水滸の暗城の周囲を観察する。

「さて、どうなっているのかしら。機関は随分《ずいぶん》と張り切っているようだけど、所詮《しょせん》、機関の犬ども。そろそろ、ジリ貧に追い込まれているのかしらね。さあ、まずは顔を見せなさい……」

そう言うと水晶の表面に外の風景が映し出される。

そしてロレンツァの言葉に呼応し徐々《じょじょ》に映し出されるポイントが絞《しぼ》り込まれていく。

「な……まさか！　こいつら⁉」

ロレンツァは水晶に映し出された能力者の面々に驚き、大きな声を上げて立ち上がってしまう。

そこに映し出された連中をロレンツァが見間違《みまちが》うはずもない。

「ぬうう！　舐《な》めているのか……機関は！　こんな重傷の小僧《こぞう》と小娘二人！　たった三人でこの水滸の暗城にだと⁉　しかも……しかも！　我々が狙《ねら》ったオルレアンの小娘を最前線に送ってくるとは！」

（何だ、何だ？　気になるな～）

（確かに、確かに～）

ついさっきまで逃げるはずだったが好奇心《こうきしん》が抑《おさ》えきれない鞍馬と筑波は体を憎々《にくにく》し気《げ》に震わせているロレンツァの両脇《りょうわき》から水晶を覗《のぞ》き込む。

（おお！　鞍馬。まさか、まさか！　近くまで来ているよ！）

（これはぁ！　ひょっとして私たちをいち早く褒めるために来てくれた！）

水晶に映った祐人の姿を見ると、思わず鞍馬と筑波は喜びを爆発《ばくはつ》させた。

「YES！　首領ぉぉ！」

「ご褒美《ほうび》頂戴《ちょうだい》ぃぃぃ！」

思わずポーズまで決めて声を上げる、おかっぱ頭に烏帽子《えぼし》をかぶる鞍馬と筑波。

「ハッ⁉　誰だ！」

自分のすぐ近くから生じた声にロレンツァはすぐにその場から飛びのき、その発生元と思われる付近に魔力を乗せた扇子《せんす》を放つ。

「のわ！」

「危ない！」

鞍馬と筑波は間一髪《かんいっぱつ》で扇子を躱《かわ》し、それぞれにダイブして受け身をとった。

「どうした⁉　何があったロレンツァ！」

「あなた！　何か潜《ひそ》んでるわ！　姿は見えないけど、間違いなく！」

執務室からアレッサンドロが飛び込んでくる。

「何、馬鹿な！　何も感じなかったぞ！　まさか呪詛の祭壇を壊した人外の類がまだいたのか⁉　まずい、先ほどの会話も聞かれていた可能性がある。ロレンツァ、そこをどけ！」

錬金術師《れんきんじゅつし》であるアレッサンドロは胸元《むなもと》から赤紫色《あかむらさきいろ》の液体が入った三本の小瓶《こびん》を指に挟んで取り出し、そのうちの一本を床に叩きつけた。

叩き割《わ》られた小瓶から魔《ま》毒素を含んだ気体が広がっていく。

「あわわ、鞍馬！　それはまずそう、こっちに来い！」

「おうさ！」

鞍馬は機敏《きびん》な動きで跳躍《ちょうやく》し、赤黒い気体を避《よ》けて筑波の下に飛び込んだ。

「そこか！」

姿は相変わらず見えないが、今の会話は確かに聞こえた。

アレッサンドロはもう一本の小瓶を声の聞こえた方向に投げつける。

「はぁっ！」

それに息を合わせ、ロレンツァはアレッサンドロの後ろから扇子を薙《な》ぐと二人の魔力が混じり、声の上がった辺りに赤黒い気体交じりの空気が激しく渦《うず》を巻く。

「ぎゃあー！」

「くさい！」

まさにその空気の渦の中から子供の声で悲鳴が上がる。

「やったか！　それを吸えば高位の人外といえど、ただではいられんぞ！」

そう息巻いたアレッサンドロだが……次に聞こえてきた声はあらぬ方向からだった。

「ぎゃあー！　って言ってみた！　初めて言ってみた！　筑波！」

「グッジョブ、鞍馬！　筑波はくさそうと思って、くさい！　って言ってみた！　鞍馬！」

「何⁉　どこだ！」

「もう、帰ろ！　首領の下に！」

「きっと褒めてくれるよ、上機嫌《じょうきげん》！」


「「じゃあ、全力のぉぉぉ……」」


いまだ居場所が分からず、必死に首を振《ふ》るアレッサンドロたちをしり目に二人の小学生くらいの女の子の声が重なる。

「ハッ、これは⁉　あなた、避けて！　危ないわ！」

ロレンツァは集束する膨大《ぼうだい》な霊力の片鱗《へんりん》を感じ、顔色を変えて大声を張り上げた。


「「ドンガラガッシャーン！！！」」

水滸の暗城五階にあるアレッサンドロたちの住居兼《けん》仕事場が吹き飛び、たった今、西側の闇夜之豹、死霊使いたちを叩いた祐人たちから、五階の窓が吹き飛ぶ爆発が見えた。

「あれは……！　爆発？　何だ？」

祐人が死霊使い最後の一人に仙氣を当てて吐き出させた認識票《にんしきひょう》を踏《ふ》みつぶし、その爆発したところに目を移す。

が、それとほぼ同時、考える間もなく瑞穂の大規模土精霊術《つちせいれい》が水滸の暗城そのものにさく裂《れつ》した。

「こ、これは！　祐人さん、瑞穂さんの大技です！　ここから離れましょう！」

「す、凄《すご》い……なんて威力《いりょく》だよ！　まるで対要塞《ようさい》用の術じゃないか！　うわ!?」

(駄目《だめ》だ、一緒《いっしょ》に走っていたら間に合わない！)

「マリオンさん、僕《ぼく》につかまって！　余波が来る！」

「え!?　ちょっと、あ！　祐人ひゃん！」

祐人は突然《とつぜん》、マリオンを右手だけで肩に担《かつ》ぎ上げ、走り出す。

「ごめん！　左手が使えないから！」

マリオンを抱《かか》えているにもかかわらず、またその重症《じゅうしょう》にもかかわらず祐人は高スピードで離脱《りだつ》を図《はか》る。

疾走《しっそう》する祐人の肩の上ではマリオンが背負っている小型通信機が激しく揺《ゆ》れ、水滸の暗城の西側に広がる森林の中を一陣《いちじん》の風のように瑞穂の術の余波から逃《のが》れていく。

疾風《しっぷう》のように移動し、マリオンもさぞ怖がっているだろうとは思うが、祐人としてはここで降ろすわけにはいかない。

(後で謝《あやま》るから！　マリオンさん)

ところがマリオンは今、動揺《どうよう》しすぎて頭がうまく回っていない。

まさか、自分が祐人に担がれるとは思っていなかった。

(出来れば、お姫様抱《ひめさまだ》っこが……あ、でも、これはこれで私を奪《うば》い去りにきたみたいで……いい)

祐人はマリオンを落とさないように右腕《みぎうで》に力を入れる。

(あ……祐人さんの手が……。そこは駄目！　最近、ちょっと食べすぎてるから駄目！　もっと痩《や》せてから！)

マリオンは祐人の背中の服をギュッと握りしめると、ようやく安全圏《あんぜんけん》に抜けたのか祐人の走りが止まった。

「ちょっと……やりすぎたかしら？」

瑞穂は傾きがようやく止まった水滸の暗城を見つめる。

祐人たちは西側に移動をしていたことから瑞穂から見れば建物の反対側だ。

そこまでは影響《えいきょう》はないはずと考えつつも、通信機に手を伸《の》ばしマリオンに呼び掛《か》けた。

「マリオン！　マリオン聞こえる？　大丈夫《だいじょうぶ》よね？」

〝……は、はい、瑞穂さん〟

マリオンのたどたどしい声が聞こえてきて……不安に駆《か》られる瑞穂。

「マリオン、大丈夫⁉　息が荒《あら》いわよ、まさか、私の術で⁉」

〝はい……瑞穂さんの術でとんでもない経験をしました〟

「まさか……怪《け》我《が》はしてない⁉」

〝いえ、大丈夫です。それより……瑞穂さん〟

「な、何？」

〝瑞穂さんは……やっぱり親友です〟

「は？　突然、何を言って……しかも、何故《なぜ》か今、ものすごく不愉快《ふゆかい》な気持ちになったんだけど」

〝まだ戦いは終わってません。また連絡します〟

「あ、こら！　まだ！」

通信を切られた。

瑞穂は顔を引き攣《つ》らせ、通信機を見つめる。

そして瑞穂は通信機を袈裟懸《けさが》けに背負い、傾いた水滸の暗城の方に目をやる。

「待ってなさい、私もそっちと合流するわ」

と力強い声を出した。

それは闇夜之豹のほとんどを倒《たお》し、戦いが最終局面に至っていることと、これ以上の遠《えん》距離《きょり》攻撃《こうげき》は戦術上意味がなくなったという判断だ。

あとは最大の目標であり、最終目標であるアレッサンドロたちを打ち倒すのみ。

であれば、祐人たちと合流した方が戦力集中の意味で効率がいい。

いや、効率的なはずだ。

そう、効率的に違《ちが》いない。

瑞穂の思考が素早《すばや》く巡《めぐ》り走り出す。

「祐人と何かあったでしょう！　マリオン、絶対に吐《は》かせるわ！」

瑞穂は猛《もう》スピードで水滸の暗城に向かうのだった。


「ぬう……！　ロレンツァ、大丈夫か⁉」

「はい、問題ありませんが……」

アレッサンドロとロレンツァは瓦礫《がれき》の山となった部屋の中を見渡《みわた》し、しかも水滸の暗城そのものが傾いた状況に呆然とした。

これだけ相手が派手に仕掛けて来るとは想定外であると同時に、この現状から機関の送り込んだ能力者がどれだけの実力を秘めているのかが分かったのだ。

すると徐々に二人の体は怒《いか》りに打ち震えだす。

「やってくれるではないか……機関はこの国と戦争も辞さんということか。それならこちらもそれなりの対応をとらせてもらう！」

「あなた……見てください。機関の送り込んできた連中ですが……」

ロレンツァが瓦礫の中から水晶を浮《う》かばせて引き寄せ、それをアレッサンドロに見せる。

すると、みるみるアレッサンドロの顔が驚きの表情に変わる。

「これは、オルレアンの小娘ではないか⁉　な、舐めた真似《まね》を……我々がこの小娘を狙っていることは分かっておろうに！」

「どういたします？　あなた」

「生贄《いけにえ》の小娘が来ているなら闇夜之豹など捨て駒《ごま》にして構わん！　すべて妖魔化させてこの娘を捕《と》らえるぞ！　アバシは何をしている？　状況を説明させ、闇夜之豹たちすべて小娘のところに向かわせる」

アレッサンドロは傾いた部屋の中から、通信機を拾い上げて指揮を任せたアバシに連絡をとる。

だが……応答がない。

アレッサンドロはイライラしてくるが、この状況だ。指令室も混乱しているのだろう。

ここにきてアレッサンドロは冷静になった。

そしてアレッサンドロの中で一旦《いったん》、身を隠《かく》すか、という考えが浮かぶ。

確かに今、目の前に自分たちの悲願を達成させることができる生贄がここまで来ている。

しかし、それを知ってもここまで来たこの連中は相当な覚悟《かくご》をしているだろう。

人のことは言えないが他国に来て国家の極秘《ごくひ》施設《しせつ》を破壊《はかい》までしたのだ。

機関の本気度が分かる。

機関はこちらがマリオンを狙ったのは知っているはずで、それでそのマリオンを派遣《はけん》までしてきたことを考えれば、こちらが考えている以上に戦力を整えてきていることも想像できた。

(必ずこいつら以外にもいるはずだ。であれば闇夜之豹を盾《たて》にして、今は身を隠し……奴らが去った後に時間をかけて立て直しても良いか。さすがに奴らもいつまでも、ここにいることはできん。作戦としてはスピード勝負のはず)

今までもアレッサンドロはこの慎重《しんちょう》さで乗り切ってきた。

アレッサンドロは決して過信はしない。

錬金術師であり薬師であるアレッサンドロ、占い師にて呪術師のロレンツァ、その能力は非常に高い。

だが、実戦闘能力としては戦闘特化の能力者たちに比べて分が悪い。

それを知っているからこそ張林のような小役人を使い、時間と手間をかけて徐々にこの国の中に自分たちの手駒《てごま》になる人材を各所に配置するまで根を張ったのだ。

(ここで無理をせずとも、じきにこの国は私のものになる。あの張林の小役人に主席の椅子《いす》を用意してやろう。あの阿呆《あほう》ならば容易くコントロールできる。もし邪魔《じゃま》になれば……他の者に首をすげ替《か》えればいい。我々には時間があるのだからな)

洗脳をする手もあるが、アレッサンドロたちは能力的に一般人《いっぱんじん》への洗脳が得意ではない。

あの認識票は霊力《れいりょく》、魔力を持つ能力者に限定したアイテムであり、それらを持たない一般人たちには使えない。

他に薬を使った洗脳は可能だが操《あやつ》り人形《にんぎょう》のような、自我《じが》が不安定な人間が出来上がる。

それでは逐次、指示を出し続けねばならず、継続的《けいぞくてき》に判断を迫《せま》られる政治家の職務は厳しいのだ。

スルトの剣《けん》のロキアルムのように一般人の脳に直接、自分の魔力を送り込んで操る方法はアレッサンドロたちにはできない。

だからこそ飴《あめ》と恐怖《きょうふ》を実体験させて手駒を増やしてきた。時間は少々かかるが、それで十分にコントロールが可能ということを知っているのだ。

「ロレンツァ、一旦、引くか……？」

「まあ……それもよろしいでしょう。長い時をかけて機関に嫌《いや》がらせをするのも楽しいというもの。心休まることのない時間をいつまでも与《あた》え続けてあげますわ……」

「ここでアズィ・ダハーク様を顕現させて、アズィ・ダハーク様御自《おんみずか》ら小娘を喰《く》ってもらうことも考えたが時間は数分だ。上手《うま》く時間稼《かせ》ぎをされれば機関の能力者数人を殺す程度で終わってしまうことも考えられる。先ほど探《さぐ》りに来た契約《けいやく》人外どもにこちらの意図を知られたのは痛いが我々には時間がある。それにそれが分かったところで、そう何度もこの国に仕掛けてはこられんだろう」

「はい、アズィ・ダハーク様にそこまでお願いするのは本来、臣下としてあるまじき行為《こうい》。私たちは完璧《かんぺき》な段取りと状況を作り上げてお招きするのがよろしいでしょう。ただ、手を打っておかなければならないのは……上海《シャンハイ》の世界能力者機関中国支部です」

「そうだな……あの計画を急がせよう。完成間近の新認識票があれば効果が不安定になるだろうSランク以上の能力者にも通じる。これを使い中国支部の能力者どもを取り込まねばなるまい。それで新闇夜之豹が立ち上がる。ククク、上手くいけば王家《おう》も黄家《こう》も手駒にできるか……」

「はい、それで上手くいけば機関そのものも……」

「フッ……では、すべての闇夜之豹のくびきを解き放て。その命尽きるまで暴れてもらおうか。我々の隠れる僅かな時間を稼いでもらうためにな！」

「はい……では」

ロレンツァが四十二本のチェーンに繋がれた認識票を取り出す。

そして、ロレンツァの全身からどす黒い魔力があふれ出てきた。

と、その時、それを莞爾《かんじ》として見つめるアレッサンドロの手にある通信機にようやく応答があった。

アレッサンドロはロレンツァを目で制止する。

今更《いまさら》、妖魔化するだろうアバシと連絡をとる必要もなかったが効率よく身を隠すためにアレッサンドロは外の状況を聞いておくか、とその通信機に耳をあてた。

「アバシか、外の状況はどうなっている？」

「……」

「おい、聞いているのか⁉」

「お前が……伯爵《はくしやく》か？」

「む……貴様、アバシではないな。誰《だれ》だ⁉　誰に向かって口をきいている！　アバシはどうした⁉」

すぐにアバシではないことに気づき、この水滸の暗城の主である自分に向かって不遜《ふそん》な口調の若い男の声にアレッサンドロは声を荒らげる。

「待っていろ……今から、そちらに行く」

「何？　貴様は機関の能力者か！」

ロレンツァはアレッサンドロのその言葉に目を見開き、すぐに認識票に魔力を注入し始めた。

「違うな。僕はお前らにとって機関の能力者というのとはちょっと違う」

「何だと……？」

アレッサンドロはこの若い男の言っている意味が分からない。

「僕は……呪《のろ》いだよ。お前らにかかった呪いそのものだ」

その声は淡々《たんたん》としていて会話をしようというものではない。

ただ一方的にアレッサンドロに告げているだけ。

アレッサンドロはこの声に薄気味《うすきみ》悪《わる》さを感じ取り、体温がスーと下がる。

「お前らの決して解けることのない呪いがそちらに行く。だから……待っていろ」

そこで通信が切られた。

「この……！」

「あなた？」

「どうやら身《み》の程《ほど》を知らぬ劣等《れっとう》能力者が調子に乗って指令室まで来ているらしい。急げ、ロレンツァ。妖魔化した連中をここへ！」

「そ、それが……」

「どうした？」

アレッサンドロの指示にロレンツァは焦るような表情を見せる。

「どの闇夜之豹も反応しないのです。私の魔力が届いていません」

「何……？　それはどういうことだ」

「分かりません、もしや、いえ、そんな馬鹿《ばか》なことは……」

「どうした、何がある？」

「この認識票の唯一の弱点は霊力、魔力の強すぎる者に効果が薄《うす》れること、もう一つは仙《せん》氣にあてられると術式が狂《くる》う、ということです。前に伝えましたが死鳥と戦った小僧は仙道《どう》使いです。そして、その小僧はここに来ていました」

「馬鹿な、いくらなんでも、闇夜之豹すべてをこの短時間で倒すわけがなかろう。しかも、その小僧は死鳥との戦いで重傷を負っていると言っていたではないか」

「はい、ですが、それしか認識票を狂わすことなど……」

「……！」

アレッサンドロは悪寒《おかん》を感じ、すぐさま自分の横の壁《かべ》の中にあるスイッチに駆け寄った。

まだ生きているか分からないが緊急《きんきゅう》の防御《ぼうぎょ》システムの起動スイッチである。

万が一の場合に備え、自分たちが逃げられるように、この部屋に来るまでの廊下《ろうか》を幾重《いくえ》もの分厚い合金製のドアで遮《さえぎ》るようになっているのだ。

アレッサンドロがスイッチを拳《こぶし》で叩《たた》くと部屋の外からその特別製のドアが閉まる重低音が聞こえてくる。

その音にアレッサンドロは、僅《わず》かにホッとしたような表情を見せた。

そして建物自体が斜《なな》めに傾《かたむ》いているにもかかわらず、倒れもしていなかった重厚《じゅうこう》な本棚《ほんだな》が横にスライドしていく。

スライドが終わるとその本棚のあった場所に隠し階段が現れた。

「途中《とちゅう》、繋がっているか分からぬが、ロレンツァ、行くぞ！」

「はい！」

アレッサンドロとロレンツァが現れた階段に飛び入ると本棚が元の位置に戻る。

斜めに傾いているために通りづらくなった階段を二人が急ぎ下りだした十数秒後……背後から特別に作らせた分厚い合金のドアが吹《ふ》き飛んだような轟音《ごうおん》が鳴り響《ひび》いた。

◆

「首領、ここだよ！　な、鞍馬」

「おうよ、筑波、この部屋にいた！」

「ご苦労様、本当にありがとね、鞍馬、筑波」

祐人はしゃがんでにこやかに鞍馬と筑波の頭を撫《な》でた。

鞍馬と筑波は気持ちよさそうに喜ぶ。

実は祐人が水滸の暗城に踏み込んだところで、この二人が突然、現れると飛ぶように抱《だ》きついてきたのだ。

聞いてみれば鞍馬と筑波はここに着いてからずっと潜伏《せんぷく》していたことから中の構造は大体知っていると豪語《ごうご》するので、アレッサンドロの部屋まで案内をしてもらったのだった。

「なあなあ、首領、私たち役に立った？」

「なあなあ、ご褒美《ほうび》はもらえる?」

「もちろん！　帰ったらご褒美をあげるから先に帰っていてね。外には僕の仲間の二人が辺りを警戒《けいかい》しているから声を掛けてごらん。鞍馬と筑波のお手柄《てがら》にとても感謝していたから」

「おお！　仕方ない、声をかけてあげよう！」

「おお！　その人たちからもご褒美もらえそう！」

そう言うや鞍馬と筑波は先を争うように部屋を出て行った。

「さてと……」

祐人は立ち上がり、表情を消す。

斜めに傾いた部屋の中を一通り見渡すと、傾いた部屋の中で倒れることもなく不自然に置いてある本棚を見つめた。

「やあ、旦那《だんな》」

「え、ガストン！　どうしてここに⁉」

突然、声を掛けられて、いつの間にかドアのところで立っているガストンに祐人は驚く。

「いえいえ、ちょっと伯爵たちの持つ祭器に興味がありましてね。日本からまた来てしまいました。それとまあ、私が聞いたあいつらの過去を旦那にも伝えておこうと思いましてね。あいつらがどうしてこうなったか、というのも」

「どうしてこうなったか……？」

「はい、あいつらを追いかけながらお話しましょう。外まで案内しますよ。その後、私はすぐにここに戻ります」

そう言うとガストンは本棚の横の壁に向かって歩き、隠しスイッチをいとも簡単に見つけて押《お》した。すると、本棚がスライドする。

「さあ、行きましょう、旦那」


瑞穂とマリオンは倒壊《とうかい》寸前の水滸の暗城の前で待機していた。

祐人は闇夜之豹を壊滅《かいめつ》させたと考えているが、敵の狙いはマリオンであるので一人にはさせられない。それで瑞穂と合流し、伯爵の元へ向かった。

「祐人は一人で大丈夫かしら……まあ、大丈夫でしょうね、あいつなら」

「はい……さすがに私を狙った張本人たちの前に私を連れて行くのは迂闊《うかつ》すぎるし、どのような手を打ってくるか分からないから、と。慎重に確実に伯爵という人物を倒したいと言っていました」

「そうかもしれないわね。そこは祐人の判断を信じるしかないわ。あの認識票といい、謎《なぞ》が多い連中のようだしね。肉弾戦《にくだんせん》になれば祐人に勝てる相手なんて中々いないし。本当は私もこの手で叩きのめしたいところだけど……」

「私も同じ気持ちです。ですが祐人さんは私たちの分まで怒《おこ》っていました。それと志平さんたちの分も……だから、私も任せようと思ったんです」

「そう……ね。あいつはいつもそうね」

「はい、本当に……」

二人は心配もあったが、互《たが》いに目を合わせると嘆息《たんそく》するように微笑《びしょう》した。

◆

水滸の暗城の名の由来となった北側にある大きな池の西側、そこにある粗末《そまつ》な小屋の扉が開く。

「納屋《なや》においてあるジープを出す。そこで待っていろ、ロレンツァ」

アレッサンドロとロレンツァは秘密の脱出口《だっしゅつこう》である小屋にまでたどり着き、息をついた。

途中、建物が傾いたために階段が繋《つな》がっておらず苦労したが、この通路の設計士でもあり、錬金術師でもあるアレッサンドロが魔力で道を応急処置しながら進むことで何とかここまで来た。

もちろん、応急処置したところは通りすぎたところで破壊している。

アレッサンドロが小屋の扉を破壊しながらジープで飛び出してくるとロレンツァはすぐに乗り込んだ。

「あなた、それでこれからどういたします？」

「そうだな、まず軍の基地に向かおうか。そこならば、たとえ追いかけてきたとしても手は出せんだろう」

「ああ……そうですね」

「うん？　どうした？」

「いえ、部屋にある私の呪詛《じゅそ》や占いのための祭器を残していくのが、口惜《くちお》しくてなりません」

「まあ、堪《こら》えろ、ロレンツァ。奴らが退散した後に回収できるものはすべて回収させる。我ら二人がいれば、いくらでもやり直しがきく。機関の連中……特に今回、ここに来た仙道使いの小僧と四天寺にはそれ相応の目にあわせてくれる。死んだ方がましだ、と思わせるぐらいにな……ククク」

「フフフ、そうですね。必ずや」

「それに我々にはこれがある。基地に着いたら早急《さっきゅう》に祭壇《さいだん》を設けるぞ」

そう言うとアレッサンドロは胸からマリオンの髪《かみ》と幾何学《きかがく》模様の描《えが》かれた羊皮紙を取り出す。

「はい、それさえあれば」

「フッ、そういうことだ。それにな、お前さえいれば私は何度でもやり直せる」

「まあ……あなた」

アレッサンドロとロレンツァは僅かな時間、見つめ合うとシフトレバーの上で互いの手を重ねた。

「大丈夫だ。どんな困難があった時も私たちは二人で切り抜《ぬ》けてきた。それはこれからもそうだ、ロレンツァ」

「はい、あなた。私はあなたについていくだけです」

二人は水滸の暗城を背に北に向かってジープを走らせ、森の中の悪道を抜けていく。

途中、木々の葉を煩《わずら》わしそうに扇子で弾《はじ》いたロレンツァが憎々し気に口を開いた。

「それにしても今回はあの小僧と四天寺にしてやられましたわ。特にあの小僧……あの小僧がいなければ今頃《いまごろ》、私たちはアズィ・ダハーク様をお招きしておりましたのに……ああ、憎《にく》らしい」

「あの小僧の情報はまったくなかった。これほどの力を持った能力者を機関はランクDに据えていた。これは推測だが機関も知らなかったのだろう。いや、その実力を測れなかったのかもしれん。何という阿呆《あほう》ども！　だが結果として、それが我々の計画を狂わせたのだ。機関の愚鈍《ぐどん》さに我らが巻き込まれた形になった。はらわたが煮《に》えくり返るわ」

「ですが、あの小僧は満足なのでしょうか？　あれだけの戦闘力《せんとうりょく》を持っていて、たかがランクDの扱《あつか》いを受けて、それではその辺の劣等能力者と同じ烙印《らくいん》を押されているようなもの。それにあの異界の知識……」

「確かに不気味な小僧だな。何が目的で機関に所属しているのか。この小僧は危険だ。最優先で徹底的《てっていてき》に調べ上げる必要がある……うん？　チッ」

「どうしました？　あなた」

「どうやら、パンクしたようだ。こんな時に……！」

アレッサンドロは運転席を飛び降りて、イライラした様子で後部車輪のタイヤを確認《かくにん》した。見れば後部車輪のタイヤは二輪とも破裂《はれつ》し、完全に用をなさなくなっている。

「これは……ロレンツァ！」

アレッサンドロに呼ばれて、ロレンツァも車を降りる。

「どうされました？」

「このパンクは自然のものではない！　誰かいるぞ！」

「……！」

確かにタイヤは外部からの攻撃《こうげき》でパンクしたものとしか思えないものだった。

顔を強張《こわば》らすアレッサンドロとロレンツァは周囲に最大限の警戒をするが敵の気配はない。

「機関の能力者か……ハッ、また契約人外の類か⁉」

「だから、それは違うと言っているだろうが」

「何……⁉」

アレッサンドロは声の在処《ありか》を探すと、なんと声の主は先ほど自分が座《すわ》っていたジープの運転席にいた。

「き、貴様は……いや、その声はさっきの」

「お前は仙道使いの小僧！」

驚愕《きょうがく》し、身構える錬金術師と呪術師を横目に祐人は凄《すさ》まじい膂力《りょりょく》でジープに備え付けられた通信機器とハンドルを破壊《はかい》する。

表情をまったく変えず、アレッサンドロたちの逃走《とうそう》手段を完全に奪うと祐人はゆったりと車を降りてきた。

「言っただろう。僕は……お前らにとっての呪いだと」

「な、何を死にぞこないが！」

ロレンツァが扇子を広げ、水平に祐人に投げつけた。

祐人は立ち位置も表情も変えずに、その扇子を右腕から現れた倚白《いはく》で薙ぐ。

すると扇子は真っ二つに切られて、祐人の背後にある木々に突《つ》き刺《さ》さった。

「クッ！」

祐人に軽くあしらわれるようにされ、アレッサンドロとロレンツァは顔を歪《ゆが》ませる。

アレッサンドロとロレンツァは実戦闘《せんとう》を得意とする能力者ではないのだ。

アレッサンドロにしてみれば、最前線で敵と遭遇《そうぐう》し自らが戦うことなど端《はな》から考えてないない。それは駒《こま》である闇夜之豹のような者たちがすればよい。

それらを駒として数字として動かしていくのが自分、アレッサンドロ・ディ・カリオストロの生まれついての立ち位置なのだ。

この考えは今も昔も変わらない。二百年前、民衆たちが自分たちに反旗を翻《ひるがえ》した時も、何故、それが分からんのか、とアレッサンドロは涙《なみだ》した。

頭も能力もないのならば頭も能力もある自分に任せて、指示を待つのが当たり前なのだ。

その命も人生も自分に任せればいい。

大きな視点で人々の生活をとらえれば、それが最終的に幸せへの最短距離《きょり》になる。

その途上《とじょう》で起きた犠牲《ぎせい》や被害《ひがい》など些細《ささい》なことだ。

愚民《ぐみん》に理屈《りくつ》を説くことなどは無意味で貴重な時間の無駄《むだ》である。

今回、起こした行動も長い目で見れば時代の影《かげ》で生きてきた能力者のため……いや、ひいては人類全体のためになる、という崇高《すうこう》で遠大な目的のためのもの。

それも分からずにこのアレッサンドロを非難し、怒り、ここまで来たこの小僧《こぞう》のやり方は逆恨《さかうら》み以外の何物でもない。

アレッサンドロにその馬鹿で愚《おろ》かでしかない少年が一歩前に足を進める。

「……う」

思わずアレッサンドロとロレンツァは後退《あとずさ》った。

見た目は重傷でも、この少年はほぼ一人で闇夜之豹を壊滅させたのだ。

そして、何よりもその眼力に気圧《けお》された。

「おい……お前らには色々と聞きたいことがある」

「……何をだ、小僧」

「まず聞きたいのはその半妖魔《ようま》の体はどうやって手に入れた。スルトの剣という奴《やつ》らもそうだったが、お前らとの繋がりは？　あるんだろう？　あの認識票にかけられた術式……

おそらく同じルートだろうがどこからヒントを得た？」

「それを聞いてどうする小僧……」

「二つ目はアズィ・ダハークをどこで知った？　いや、誰に吹き込まれた？」

アレッサンドロの目が驚愕に染まる。

ロレンツァからこの少年が異界のことについて何らかの知識があると聞いてはいた。

だが、少年のこの物言い……これはまるで魔神《まじん》アズィ・ダハークを知っているようではないか。

「き、貴様は何者だ。何故、そこまで……」

「聞いているのはこちらだよ。答えろ……」

「……！」

祐人の殺気の籠《こ》もった眼光にアレッサンドロもロレンツァも息が詰《つ》まる。

だがここで次第《しだい》にアレッサンドロは表情を整え、慇懃《いんぎん》な振《ふ》る舞《ま》いで祐人に声をかけた。

「よし……いいだろう、どうやらお前は色々と知っているようだな。それで我々の持つ情報に興味があると。それではどうだ、交換《こうかん》条件といこうではないか？」

「交換条件？」

「お前の聞きたい情報を我々が教えてやる代わりにお前は今回の件から手を引く。もちろん、今後、あの金髪《きんぱつ》の娘《むすめ》には手を出さんと約束もする。それがお前の目的のようだからな。お前の顔は潰《つぶ》さんよ。そしてお前の持っている異界の知識を提供してくれるというのなら、それ相応の対価も別に払《はら》うが……どうだ？」

「へー、対価ね、それはどんな？」

（乗ってきた！　ククク、ある程度、手の内は見せた方が信用も得られるか……この状《じょう》況《きょう》だ、仕方あるまい。それに取り込めるなら取り込んでおきたい小僧だ。実際、こいつには何かありそうだしな。いやいや、ここは慎重にいかねば！　今は欲をかいている場合ではない。とにかくこの場から離《はな》れることを最優先に……）

「おい、あんた。それで対価はどの程度なんだよ」

「あ、ああ！　当然、金銭的なものは保証する。いくらでも言ってくれて構わんぞ。知っての通り、こちらのバックは大国で国家予算で賄《まかな》えるからな。それとだ……」

アレッサンドロは祐人の目を見てニヤッと笑い、一拍《ぱく》置く。

いかにも今からお前にとって有益なものになることを言わんとするような演出をした。

それに対し祐人は片眉《まゆ》を僅かに上げて、アレッサンドロの言葉を待つ。

「お前の機関での立場……そのランクというものを、ある程度ならこちらで上げることも出来るぞ。本来、お前の実力でランクDということはあり得んが、どうやら機関の試験ではお前の実力を測ることが出来なかったのだろう。まったく、愚かなことだが……」

祐人は一瞬《いっしゅん》、目を大きく見開いた。

それをアレッサンドロは見て、大袈裟《おおげさ》に肩《かた》を竦《すく》める。

「まあ、今回の働きでお前のランクは上がるだろう。何といってもたった三人で闇夜之豹を叩き潰したのだからな。とてつもない戦果だよ。機関も驚《おどろ》きを禁じえないだろうな。だが、それでもお前の新ランクはせいぜいランクBだ」

「……へー」

「通常、機関のランクはＡＡまでは試験を受けなければならないのは知っているな？　実績でランクを上げる制度もあるが、そちらは上げたとしても2ランクまでだ。過去約八十年の機関の例として、実績だけで3ランク以上の昇格《しょうかく》をさせたのはたった一人だけ。だから、このままではお前は良くてランクB止まり。それに機関のことだ、今回の手柄もランクAの二人の娘に持っていかれるだろう。〝ランクDが闇夜之豹を相手にそこまで活躍《かつやく》は出来まい、ランクAの二人の裏でおこぼれをもらったのだろう。さすがは四天寺、さすがはオルレアンの血統〟と、判断されるのが落ちだ。実際はお前の活躍があってのものだとしてもな」

「ふーん、あんた……随分《ずいぶん》と機関の内情に詳《くわ》しいんだな」

「フッ、私もただ長く生きているわけではない。機関は実績だけでランクを上げるのを嫌がっているのさ。というのも、それではせっかく立ち上げた試験が蔑《ないがし》ろにされかねんからな。機関はどうしても試験を受けてほしいのさ。……何故だか分かるか？」

「いや……」

「表向きは能力者の特性を知り、それに見合う効率的な依頼《いらい》をあてがうため、となっているが、そうではない。あれは……リスク管理なのだよ」

「リスク？」

「ああ、そうだ。もし……能力者の一部が社会に対し反乱を企《くわだ》てたとしたらどうする？　もちろん、現在の既存《きそん》社会を守る意思のある能力者はこれらと対峙《たいじ》することになろう。機関のような組織を作った連中は特にな。それでその時に相手の能力の特性を知っておくことは重要だと思わんか？」

「……」

「世界能力者機関の発足《ほっそく》の経緯《けいい》は能力者大戦から始まっているのだ。能力者の持つ術や技は千差万別《せんさばんべつ》。力は弱くとも、その能力如何《いかん》では大物を喰うことがある。それで、戦況《せんきょう》が大いに変わることもあるのだよ」

　かつて第一次大戦の裏側で能力者同士が大規模に争った歴史があるということは祐人も

ガストンから聞いていた。

「そういうことが実際にあったのか？　その能力者大戦時に」

「……うむ。だが、大事なところはそこではない。お前はそのような機関に所属している。しかも見ている限り随分と忠実に働いているのではないか？　実力に見合わないランクＤという劣等ランクにされてまで。いいのか？　機関はランクを上げる機会は必ず試験を受けさせる。それはお前の術や技がどんどん見抜かれて解析《かいせき》されていくということだ。それで目をつけられれば、もっと調査が入る可能性も否定できんぞ」

「なるほど……ね。それは困るな」

「どうやらお前は異界のことを色々と知っているようだ。これは我々のトップシークレットでもあるのに、だ。ということは、お前にも色々と事情があるのだろう？　どうだ、この取引に応じてくれればランクＡＡは保証しよう。ランクＡＡから昇格しようとすれば試験の必要はない。つまりお前は試験を受けなくてもよくなるぞ。あとは上手く立ち回れば、報酬《ほうしゅう》だって今までとは比べ物にならないだろう。どれもお前にとって悪い話ではない」

「……ふむ」

「何を悩《なや》む？　約束は必ず守らせてもらうぞ。お前ほどの実力者との取引はそれだけの価値がある。私は足し算、引き算くらいはわきまえているつもりだ」

「そうだな……」

アレッサンドロは交渉《こうしょう》成立と見て表情には出さなかったが内心、安堵《あんど》した。その横でロレンツァもニヤリと笑《え》みをこぼす。

「うむ、では……」

「いや、対価としては、もう一つ弱いな」

「は？　クッ……見た目によらず随分と欲が深いな。まあ、そういう人間は嫌《きら》いではない。むしろ信用がおけるからな。それで……お前はさらに何を要求するつもりだ？」

「欲が深いとは心外だね。むしろ、今、あんたが提示してきた条件はすべていらないよ。必要もない」

「何⁉　では何を……！」

「僕《ぼく》がお前らに望むのは、ただ一つ……」

祐人の瞳《ひとみ》の奥《おく》に怒り……全身から湧《わ》き上がる怒りがほとばしった。

謂《いわ》れもなく呪詛をかけられた投資家たちとその家族。

その中には瑞穂の友人である法月《ほうづき》秋子がいた。

秋子は極度に衰弱《すいじゃく》し、髪の毛《け》の大半が抜け落ち、その干《ひ》からびたような唇《くちびる》を僅かに動かして涙した。

従妹《いとこ》からお見舞《みま》いにもらったリボンが必要なくなったと……。

それは年頃《としごろ》の少女としては、あまりに残酷《ざんこく》な状態であったであろう。

また、祐人の大切な友人であり、戦友でもあるマリオンを拉致《らち》しようと画策し、その目的は魔神を召喚《しょうかん》するための生贄にするというもの。

ましてや、それを邪魔する人間をすべて殺すことも厭《いと》わないもので瑞穂や明良《あきら》も、その身を危険にさらした。

さらに……。

そのマリオンを拉致するために雇《やと》われた、かつて死鳥と呼ばれた男。

その男は恵《めぐ》まれない生まれから、闇《やみ》に誘《さそ》われ、闇に生きた。

だが、その男は出会ったのだ。

その闇から抜け出す温かみをくれる人々に、家族に……。

初めて知った人生の喜びも束《つか》の間《ま》、闇はこの男を追いかけてきた。

この時、燕の姓《せい》を受け生まれ変わったこの男が……出した決断。

それは家族となった子供たちを守るために……闇と繋がる自らの生を断《た》つ、という壮絶《そうぜつ》な決意だった。

たった今もその男は生死の境を彷徨《さまよ》っているのだ。

そのすべての元凶《げんきょう》が……祐人の前にいる。

そして今、目の前にいるその元凶の狙《ねら》いは魔神によって人間を管理する世界。

今までもそれを為《な》そうと数々の人間が巻き込まれ、失われた命も数知れないだろう。

「僕の望みは……貴様らの贖罪《しょくざい》。その身をもって贖罪をしろ」

「な、何だと……⁉」

祐人の視線が、全身から出る仙氣が、アレッサンドロとロレンツァに鳥肌《とりはだ》を立たせる。

「……言わなかったか？　僕は貴様らにとっての呪い。貴様らの存在を消すための、決して解けることのない呪いなんだよ」

祐人は愛剣倚白の刃先《はさき》を下方から静かにアレッサンドロたちに向ける。

そして……気迫《きはく》と共に辺りの木々がざわめくほどの声を上げた。

「貴様らの目的のためだけに人を呪詛で巻き込み、弄《もてあそ》び、小さな幸せを欲《ほっ》した人たちを踏《ふ》みにじった貴様らに！　それに相応《ふさわ》しい最期《さいご》を与えてやる！」

「ぬう……！」

（こいつの目……我らと相いれない者たちが見せる目と同じ！）

アレッサンドロはこの目をした者たちを知っている。

いくら脅《おど》そうが、懐柔《かいじゅう》を試みようが、頑《がん》として受け付けず、己《おのれ》の正義を貫《つらぬ》く使い勝手の悪い者たち。

そしてその共通点は自分以外の人間たちのことを考えている、というものだ。

この国にもそういった人物たちがいた。

アレッサンドロにとってこれほど愚かで頑迷《がんめい》な者たちはいない。

何故《なぜ》なら、この者たちは常に人々の今のことばかり考えているのだ。

それに対し自分は今後の人類のことを考えているのだ。

どちらが、より正しく崇高な目標を持っているかは自明の理。

(いくら話し合っても決してこれを理解しようとはしない者ども……。不味《まず》い、この小僧とここでやり合っても勝算はない)

そこで祐人が歩を進めた。

アレッサンドロとロレンツァは後ろに下がる。

「ええい！　ロレンツァ！」

「はい！」

アレッサンドロは胸の中から小瓶《こびん》を取り出し、地面に叩きつけた。

割れた小瓶から薄紫《うすむらさき》の煙《けむり》が噴出《ふんしゅつ》し、祐人とアレッサンドロの間に立ち込める。

「……!?」

咄嗟《とっさ》に祐人は自身の鼻を左腕《ひだりうで》で覆《おお》い、倚白を薙《な》いでその煙から身を守る。

だが、そうすることで煙は拡散し、森の中に広がってしまう。

すると……煙に触《ふ》れた草木たちがザワザワと蠢《うごめ》きだし、まるで自由意志を持った軟体《なんたい》動物のように暴れだした。

「これは！」

木の枝は弦《つる》のように、草は蛇《へび》のように祐人に巻き付こうと辺りの草木が狂ったように祐人へ襲《おそ》い掛《か》かる。

この時、既《すで》に祐人から背を向けて走り出しているアレッサンドロとロレンツァ。

「あ、あなた、どこへ？」

「チッ、貴重な秘薬を……奥の手《て》を一つ使ってしまった。池の北に行くぞ！」

「え？　それでは……！」

「ああ、池の北の祭壇でアズィ・ダハーク様をお招きする！　僅か数分だろうが……それでこの一帯は焦土《しょうど》となろう！　それであの危険な小僧ごとすべてを薙ぎ払う！」

アレッサンドロが放った秘薬は生き物が持つ生命力を極限にまで高めるために調合した秘薬中の秘薬、エリクサーを開発していた途上でできたものだった。

だが、アレッサンドロはエリクサーの完成を見ず、代わりにその秘薬に瘴気を調合することに成功した。

秘薬に触れた生き物は種族を超《こ》える能力を手に入れる代わりに正気を失い、生そのものを憎む魔物《まもの》と化す。

本来、アレッサンドロはこれを敵対する超上級《ちょうじょうきゅう》能力者対策にとっておいたものだ。

このような植物に使うのではなく、元から高い戦闘力を持つ闇夜之豹たちなどに使うのが良いと考えていたものだった。

しかし今、その超上級の戦闘力を持つ敵に迫《せま》られ、周りには駒がいない。そのため、仕方なくこの場での使用となったのだ。

「得体のしれぬ生意気な小僧め！　堂杜と言ったか……貴様を殺した後にそのルーツを徹底的に調べ上げてくれるわ！」

そう言いながら必死に移動するアレッサンドロたちの後方で、轟音が鳴り響いた。

魔物と化した草木を引き裂《さ》いた祐人は鋭《するど》い眼光をアレッサンドロたちの向かう方向へ移す。

「逃《に》がすと……思うな」

アレッサンドロたちは必死に走り続けている。

今、向かっている目標の祭壇はすぐそこまで来ていた。

「もうすぐだ！　ロレンツァ」

「はい……う！」

「どうした⁉」

「あの小僧が、こちらに向かって！」

「な、もう切り抜けたというのか！　なんという小僧だ！」

鬱蒼《うっそう》とした木々を抜けると大きな岩をくりぬいたような祭壇が姿を現す。

ちょうど、人ひとりを横たえられるぐらいの大きさの岩のテーブルには、全体に幾何学模様が彫《ほ》られており、その周りにはその祭壇を取り囲むように高さ二メートルほどの石柱が十二本立っている
「ロレンツァ、すぐにゲートを開くぞ！　準備を……」

荒《あら》い息で祭壇に手をついたアレッサンドロはマリオンの金色の髪の毛を取り出した。

「おい、ここまでだ……大人しく贖罪しろ」

ハッと二人は振《ふ》り返ると、そこに殺気を放つ少年が立っている。

「あなた、早く！　ここは私が時間を！」

「頼《たの》む！」

アレッサンドロは急ぎ祭壇の中央に供物《くもつ》である髪の毛を置き、魔力《まりょく》を練り上げて何やら呪文《じゅもん》を唱え始めた。

（すぐだ！　すぐにゲートは開く！）

祭壇は弱い光を発し始め……それに連動するように取り囲む石柱が振動《しんどう》し、互いに共鳴しているようだった。

「よし！　あとは……お招きするだけだ！」

アレッサンドロは体を祐人に向ける。

見れば祐人は意外なことにロレンツァを前にして何もせず、ただ倚白を握《にぎ》り立っていた。

「クックク、ハッハッハー！　遅《おそ》かったようだな、小僧！　これでアズィ・ダハーク様が来る！　貴様もあの小娘《こむすめ》たちも終わりだ！　我々を舐《な》めて金髪の小娘を連れてきたのが間《ま》違《ちが》いだったな。本来ならもう少し時間をかける予定だったが我々を追い詰めた貴様のミスだ。貴様の張り切りすぎが結果、超魔神《ちょうまじん》の降臨を早めたのだ！」

それに対し祐人は能面のような表情を変えずに応答する。

「そうかい……では呼んでみろ。そのアズィ・ダハークを。呼べるもんならね」

その祐人の見下しともとれる態度にアレッサンドロは怒《いか》りに体を震《ふる》わせた。

「この……無知で愚かな小僧が！」

「あなた、呼びましょう！　何も知らぬこの小僧に正義の鉄槌《てっつい》を下し、世界の変革を見せましょう！」

ロレンツァの言葉にアレッサンドロは笑みを見せて大きく頷《うなず》く。

「ああ！　さあ、お越《こ》しください、アズィ・ダハーク様！　この小僧を殺してください。あなたをこの世界に繋ぎとめる小娘もここにいますぞぉ!!」

アレッサンドロは天に向かってそう叫《さけ》び、自分の魔力を一滴《てき》残らず祭壇に注入した。

祭壇の光量が増し、石柱がガタガタと大きく振動する。

すると、祭壇の南側に広がる池の水面に漆黒《しっこく》のサークルが出現した。そのサークル内の水面は青から深紅《しんく》に色を変え、その面積が高速で広がっていく。

「ハハハ……ハッハッハー！　来るぞ！」

「ああ、ようやく会えるのですね！　アズィ・ダハーク様！」

瞳孔《どうこう》が開き、涙をうっすらと浮《う》かべ、アレッサンドロとロレンツァは恍惚《こうこつ》の表情を見せる。

それはまるで自分たちの人生最高の時を迎《むか》えたような顔だった。

祐人はこの時も相も変わらずこの状況を見つめている。

数秒……両手を天に広げながら体を硬直《こうちょく》させたようにしているアレッサンドロとロレン

ツァだったが……眼前に広がる漆黒のサークルが力弱く失速するように消えていくのに気付いた。

「な……！」

アレッサンドロはもう一度、天に両手を広げ直す。

だが、異界とのゲートであるはずの漆黒のサークルは明らかに収縮を始め、最終的には数十センチの小さな円にまでになると……その姿を消した。

「……どうした、伯爵《はくしゃく》」

祐人の低音で冷たい問いかけにビクッとアレッサンドロは反応する。

「あ、あなた……⁉」

「馬鹿《ばか》な！　何故⁉」

「失敗でしたの⁉」

「そんなわけはない！　私はあの御仁《ごじん》の言う通りにした！　何の間違いもないはずだ！　今までも魔神の顕現《けんげん》を成功させてきたんだ、あの御仁は！」

「終わりか？　じゃあ、始めようか、貴様らのこれまでしてきた悪行の贖罪を」

祐人がついに動きだす。

ゆっくりと……だが、確実にアレッサンドロたちに近づいてくる。

「な、な、な……何故だ、何故なんだぁ！　あの御仁がたばかったのか⁉」

（……御仁？）

その言葉に祐人は僅《わず》かに眉を動かす。

現状の把握《はあく》もままならないアレッサンドロとロレンツァは近づいてくる仙道使《せんどう》いの少年に体を震わせ始めた。

「お前らの冥途《めいど》の土産《みやげ》に教えてやろうか。何故、アズィ・ダハークが姿を現さないのか」

「……！　なな、何だと⁉」

「教えてやるよ。アズィ・ダハークが姿を現さないのは……」

ゆっくりと歩を進めてくる祐人、それに合わせるようにゆっくりと後ろに移動するアレッサンドロとロレンツァ。

「……災厄《さいやく》の魔神アズィ・ダハークはね、既に消滅《しょうめつ》しているんだよ」

「な……！」

祐人に言われた信じられない事実に声を失った。その真偽《しんぎ》は分からない。だが、アズィ・ダハークは確かに顕現しなかった。

そしてアレッサンドロたちの背中が石柱に触れた。

一瞬、祐人の目が遠くを見つめるようになる。

「僕が倒《たお》しているからね。魔界《まかい》と言われる名の地で……」

アズィ・ダハーク……その災厄の魔神は魔界の中でも有数の力を誇《ほこ》った魔神の一角。

そして……祐人の掛《か》け替《が》えのない戦友たちを、最愛の少女を手にかけた魔神……。

「な、何だと……？」

「だから現れるわけもないいんだよ。お前らがアズィ・ダハークを知ったのはいつだ？　随分と昔ではないのか？」

「そそそ、そんな戯言《たわごと》を信じろと……」

「お前らが信じようが信じまいが知ったことではないよ。僕もその不愉快《ふゆかい》な名をこちらで聞くことになるとは思わなかったからね」

「こちら……だと？」

「もういい、終わりだ。お前らによって命を失い、希望を奪《うば》われた人間たちの恨《うら》みをここで受けろ。僕は……その代理人だ」

アレッサンドロとロレンツァが柱に背を預けながら座り込む。

祐人が戦意を失うアレッサンドロとロレンツァの前に立った。

アレッサンドロとロレンツァは顔を上げて、自分たちを見下ろす少年の肌《はだ》の粟立《あわだ》つような視線を受けた。

「ぬう、まだだ！　ここで死んでなるものか！　ロレンツァ！」

アレッサンドロとロレンツァは慌《あわ》てふためくように薄紫色の液体が入った小さな小瓶を取り出すと覚束《おぼつか》ない震えた手でその蓋《ふた》を取る。

それは先ほど祐人に投げつけたアレッサンドロの作成した瘴気の混じった未完成のエリクサーだった。

二人はそれを一気飲みする。

「グアァー！」

「グウー！」

二人は悶《もだ》えるように苦しみながら唸《うな》り声《ごえ》をあげた。

すると徐々《じょじょ》に体は変質していく。

二人の筋肉が盛り上がり、その衣服が裂け、その体が魔物へと作《つく》り替えられているようだった。

「殺してやるぅ、小僧ぉぉぉ！　グワバババァー！」

「最後の最後に、最も愚かだったのはあんたらだな。そもそも半妖の体で、残った人の身を捨ててまで逃げようなんてね。結局、お前らのしてきたことは自分可愛《かわい》さの行動だったということだ。数多くの人々の幸せを平気で踏みにじってきて！」

祐人はギンッと目を見開くと倚白を構える。

「お前らはすでに僕という呪《のろ》いにかかっていたことを忘れたか！　せめて人間の体が残っている間に贖罪しろ！　地獄《じごく》でお前らに弄ばれた人たちが待っている!!」

そう言うや否《いな》や、祐人の凄まじい仙氣が倚白を包み込む。

直後、祐人は常人の目では追えない動きで数十数百の斬撃を放った。

魔物たちから断末魔《だんまつま》の叫びが上がる。

この時、祐人の耳に二人の声が聞こえてきた。

〝ロレンツァ！〟

〝あなた、私はここよ！〟

祐人は目を見開く。

魔物と化した者に言葉はないはずだった。

だが確かに……祐人の耳に夫婦《ふうふ》の声が聞こえたのだ。

祐人は表情を冷静なものに戻《もど》す。

そして祭壇に近づき、上段から倚白を振り下ろした。

魔神召喚《まじんしょうかん》の祭壇は真っ二つになり、そのまま左右に崩《くず》れる。

祐人はその祭壇を見ながらガストンから聞いた伯爵たちの過去を脳裏《のうり》に浮かべる。

「先に言いますが、あの人たちのしてきたことは許されるようなことではありませんよ。今に至ってはただの化け物に等しいですしね。ただですね、あの人たちは当初、人々のためにその能力を振るっていたのは間違いないんですよ。少々、考えが先進的というか極端《きょくたん》というか、理想的すぎるというところはありましたがね。彼《かれ》らは自身が貧しかった頃《ころ》でも他の貧しい人たちを援助《えんじょ》したり、病気の子供たちを無料で診察《しんさつ》して薬を調合してあげたりと、それは感謝されていたんです。だから多くの人から尊敬と支持を集めたんですよ。その点について能力を使ったわけではありません。実際に尊敬されたんです。二人は普段《ふだん》から穏《おだ》やかで、貧しい人たちにも丁寧《ていねい》な態度で接し、本人たちは仲の良い、おしどり夫婦だったとのことです」

「ガストン、それは……」

祐人は思わぬ話を聞いて目を細めた。

「ところが、伯爵さんが異界……魔界の存在に気づいてから色々と変わってしまいました。途中《とちゅう》の紆余曲折《うよきょくせつ》は省きますが、あの人たちは自分たち能力者を介在《かいざい》に人外たちとも仲良くする世界を作ろうとしたみたいです。どうやら人外の超自然《ちょうしぜん》的な力と人間の力を合わせようと思ったみたいですね。そうすることで皆《みな》、豊かになれると思ったのかもしれません」

ガストンは階段を下りながら淡々《たんたん》と話を続けていく。

「ですが、その目標ができたあとは人が変わったように自分たちが民衆を導かなくてはならないという妙《みょう》な使命感に固執《こしつ》し始めました。その辺りからですかね、伝手《つて》を使って大貴族や王宮の社交界にも顔を出してきたのは。その頃は明らかに怪《あや》しげな能力を使ったとしか思えないことが多いです。いきなり貴族の方が彼らに心酔《しんすい》するなんてことが多発しましたから。それとこの辺りから今まで付き合ってきた貧しい人たちとは付き合わなくなりました。学のない無知な人間は自分たちの言うことを聞いていればいい、なんてことも公言し始めました。新世界のための改革は優秀《ゆうしゅう》な人間のみで行わないとスピードが落ちるだけ、と」

「新世界……？」

「はい、二人の考える貧富のない平等な世界、といったところですかね。ですが結果的にそれが裏オルレアン家の目に留《と》まって危険視され、貶《おとし》められた挙句に殺されたんです。まあ、死んでませんがね。それとその時、今まで自分たちが救ってきた人々にも随分とひどい目に遭《あ》わされたようです。外から見れば以前は貧しい人間たちにも親切だったのが、人気が出た途端《とたん》、金持ちや権力のある人間たちとばかり付き合い始めたようにしか見えませんからね。まあ、この頃には手段を選ばない感じになっていましたし、遅かれ早《はや》かれ、というところはあったかもしれません」

　ガストンは肩を竦めて見せる。

「とはいえ、です。伯爵さん夫婦が色々としてきたのは、それら民衆のためと信じていたのは間違いないのです。おかしくなる前は貧しい村や地域、パリでは貧民街に頻繁《ひんぱん》に顔を出して、自分たちの能力を惜《お》しげもなく無償《むしょう》で使っていたのですから。ただ、皆を今すぐ、そして一斉《いっせい》に幸せにするにはどうすればいいか、と考えすぎたのかもしれませんねぇ」

　祐人とガストンは階段の最下層に着き、広い踊《おど》り場《ば》に出てきた。見ればコンクリート製の壁《かべ》に大きな鉄製の扉《とびら》がある。

　ガストンは祐人に振り返ると笑みを溢《こぼ》す。

「だからどうという話ではありません。ただ、旦那《だんな》には伝えておこうと思ったんです。これも能力者たちの歴史の一つと思いましてね。あのお二方は能力者として生まれていなければ、ただの仲睦《なかむつ》まじい夫婦だったとも思うんですよ。実際、二百年以上も一緒《いっしょ》にいるなんて凄《すご》いと思いますからね。あ、じゃあ、私はここで。ロレンツァさんの残した祭器は美術的価値が非常に高いものが多いんですよ、ここは私が拝借……ではなくて私が責任をもって保全しようと思いましたので、では！」

　そう言うとガストンは来た道を戻り、伯爵たちの部屋へ行ってしまった。

祐人は祭壇《さいだん》から視線を上げると歩き出した。

そして二体の魔物の死骸《しがい》の横を通り抜《ぬ》ける。

一瞬、祐人は二体の……二人の悲劇を憐《あわ》れむような表情を見せた。

「お前たちの過去はある程度、聞いた。同情の余地はあるよ。つらいこともあったんだろう」

だがすぐに目に力を込める。

「だからといって僕はお前らを許さない。どんなに素晴《すば》らしい目標も手段を選ばなくなっては終わりだ。誰《だれ》かを犠牲に、誰かの不幸の上に築かれるものに価値はないんだ。時には他人を呪おうが他人に呪われようがいい。人にはそんな時もあると思う。でもね、それでも皆と歩むことを止めてしまっては、それはただの独善にすぎない。それでは強者だけが支配する世界になる。お前らは結局、人の心や想《おも》いを拾わずに見下して、自分たちだけの世界を作ろうとしただけだ」

厳しい表情でそう言うと祐人は足を止めた。

そして森の入り口近くに咲《さ》いていた花へ近づき数本摘《つ》むと、二体の魔物の死骸の前に戻ってきた。

祐人は膝《ひざ》を折って伯爵たちの亡骸《なきがら》の前にその花をそっと添《そ》える。

「でも、もし……来世というものがあるのなら、今度はみんなと一緒に歩みなよ。それでやり方も変えよう。だって二百年以上も一緒に歩める人がいたんでしょう？　だったら他にもきっと一緒に歩める人がいるよ」

祐人が祈《いの》りを捧《ささ》げるように目を瞑《つぶ》ると、仲睦まじそうな夫婦が多くの人たちに炊《た》き出しのスープを御馳走《ごちそう》している映像が突然《とつぜん》、浮かぶ。

大人も子供も皆、貧しそうではあるがそれぞれの顔は笑顔《えがお》で花咲《はなさ》いていた。

祐人はハッとして空に顔を向ける。

そこには何もない。

ただ……赤やけた空だけが祐人の視界を包み込んだのだった。

第4章　帰国

水滸《すいこ》の暗城《あんじょう》の南側では状況をつぶさに観察している垣楯志摩《かきだてしま》たちがいる。

「勝敗は決したわね……。多聞《たもん》さん、今、堂杜《どうもり》君たちはどこにいるか分かる？」

そう言う志摩は表情が硬《かた》い。

今回、連れてきた機関所属の能力者たちは、まだ目の前に起きた現状がうまく認識《にんしき》できていないようで、水滸の暗城を凝視《ぎょうし》している。

「はい、闇夜之豹《あんやのひょう》はすべて戦闘《せんとう》不能……と考えていいです。今、あの少年は大きな池の北側に移動をしているみたい。そこから逃げるように移動していた魔力系能力者二名を追っているみたいですね。四天寺《してんじ》さん、シュリアンさんの両名は施設《しせつ》の東側で後詰《ごづめ》の警戒《けいかい》をしているようです」

そう答えつつも菜月《なつき》は普段から半開きのような目を軽く見開き、グレーの髪《かみ》を僅かに斜《なな》めに垂らした。

（うん？　何かしら、この違和感《いわかん》。異物が……ううん、異物の空気がこの世界に入り込んできたような……気のせい？）

「どうかした？　多聞さん」

「いえ……なんでもないです」

（あ、追われていた魔力系能力者に強い邪気《じゃき》が膨《ふく》れ上がる。これは異常だわ……まるで人でなくなっていくみたいに。え？　消えた？）

「今、魔力系能力者二人の気配が消えました」

「二人の魔力系能力者……それがおそらく闇夜之豹の頭目ね。本当に最後までやったのね、堂杜君は。しかも、あの傷で……何ていう子なの。戦いを仕掛《しか》けて一時間少々で……」

「おい、垣楯さん。そろそろ教えて欲《ほ》しいな。一体、何者なんだい、あのランクDの少年は。間近で見ていないから何とも言えないが、結果から考えれば、その能力はどう低く見積もってもＡＡランクはあるぞ。地形特性、能力特性が上手《うま》く型にはまったと考えてもだ」

この戦いを見守っていたランクＡＡの達人、柳生才蔵《やぎゅうさいぞう》は忍者刀《にんじゃ》を肩から斜めに背負いながら志摩に体を向けた。

柳生家に依頼をかけて派遣《はけん》してもらった長男である才蔵は祐人《ひろと》たちが苦戦と見るや参戦するこのメンバーの中核《ちゅうかく》を担《にな》ってもらう予定の男だった。

忍《しの》びの系譜《けいふ》でもある柳生家は実戦闘力《せんとうりょく》が高く、対人戦闘も得意とするオールラウンダーの能力者家系で日本支部の主戦力の一翼《いちよく》を担う者たちでもある。

「才蔵さん……さっきも言ったけど本当に分かっていないの。私にとっても、この場でとった記録がすべてと言って差し支《つか》えないんです。分かっているのは今年に実施した新人試験に天然能力者として参加してランクDを取得した少年、ということだけ……」

才蔵以外の派遣された面々も志摩の言う言葉に眉《まゆ》を顰《しか》めた。

「では、どうしてこの少年に注目するようになったんですか？　何かそうさせる理由や情報があったと拙僧《せっそう》は想像しますが」

高野山《こうやさん》にも所属する真言密教を会得《えとく》したランクBの僧《そう》である威徳《いとく》は知的な目を志摩に向ける。威徳は黒衣をたすきで巻き、その手には黄金の三鈷杵《さんこしょ》が握られていた。この男以外はそれぞれ私服姿だが、威徳はどこに赴《おもむ》いても現場では法衣《ほうえ》を身につけることを旨《むね》としているらしい。

他の面々も志摩に顔を向けた。

威徳と同じ高野山から派遣された阿闍梨でもある老僧《ろうそう》でランクCの道開《どうかい》。

支援《しえん》等も得意とするランクBの女性陰陽師《おんみょうじ》、朝霞千代《あさかちよ》。

死霊《しりょう》使い対策で呼ばれた退魔《たいま》専門の巫女《みこ》、ランクCの神出来乙葉《かみでらおとは》。

高名な絵師でもある異色の能力者、豊田湊《とよだみなと》。

そして、現世《うつよ》の異物を把握する固有能力【天慧眼《てんけいがん》】の持ち主、今回の堂杜祐人を測るために連れてこられた多聞菜月。

道開以外は二十歳《はたち》前後と若く、日紗枝《ひさえ》と志摩が厳選して依頼《いらい》をかけた優秀な能力者たちである。

「本来は超極秘事項《ちょうごくひじこう》なのですが、大峰《おおみね》様や本部もある程度は許容していますのでお伝えしますが、それは……先月のミレマーでの事態です」

「ミレマー？　あのニュースになった軍事政権が倒されたという？」

「はい」

才蔵が志摩の言うことに首を傾《かし》げて声を上げると横から穏やかな口調で威徳が頷いた。

「ミレマー……確か、未曽有《みぞう》の数の妖魔《ようま》を召喚してきた召喚士がいたというものですね？　高野山でもその波動は感知していましたので私も驚《おどろ》いていました。遠く離《はな》れた高野山にまで届くほどの邪気でしたから。何者かは分かりませんが、とんでもないと言うには生ぬるいほどの……召喚士たちですね。こちらでの概算《がいさん》ですが、その召喚数は数万にも及《およ》んでいるだろうと言っていました」

「何だって⁉　おいおい、それは本当なのか！　そんな数の召喚なんて一体、何人の召喚士がいたんだよ。いくら倒してもきりがないぞ！　よくミレマーは無事だったな。俺《おれ》みたいに一対一を得意としている能力者じゃ間に合わんわ」

才蔵の驚きは他の者たちも同様だ。その話自体を知らなかったこともあるが、それ以前に能力者と言えど、威徳の言うその非常識な内容は受け入れがたいものだった。

まず数万の妖魔の召喚など聞いたことはない。また、それだけの召喚士を集められる組織があるのか、という疑問も残る。

威徳の言葉に志摩も驚く。

機関でもまだ公にはしていない内容を高野山がある程度察知していたこと、にだ。

「そこまでご存知《ぞんじ》でしたか……さすがは高野山です」

「いえ、それだけのものだったからですよ。おそらく高野山以外にも気づいたところはあるでしょう」

「そうですね、それはこちらも迂闊《うかつ》でした。そう考えるのが妥当《だとう》ですね」

「垣楯さん、それでそれがあのランクDと何の関係があるんだ？」

「実は日本支部はその場に能力者を派遣しました」

皆、志摩が何を言いたいのか分かり顔を硬くする。

そこに少々、顔を引き攣《つ》らせながら……志摩と顔見知りでもある朝霞家の若き次期当主千代が前に出た。

「ま、まさか、それがあの三人ですか？　それで数万の妖魔の大群を退けたと？　さすがにそれは何かの冗談《じょうだん》でしょう、しまりん」

「しまりんはやめなさい、千代。そのまさか、よ。しかもその召喚の主と思われる召喚士も倒されています。調査によるとその召喚士と思われる人物は最大でもたった三人……」

「三人⁉」

「は？　本当かよ⁉　三人でその数を召喚なんて非常識にもほどがあるぞ！　いやいや、不可能だ、不可能！　それが可能な召喚士なんぞいたら世の中、召喚士が世界を牛耳《ぎゅうじ》るわ。しかも召喚数でそれなら召喚数を減らせばどれだけの奴《やつ》を召喚できるんだよ。一概《いちがい》には言えないが魔神《まじん》クラスの召喚が、たいした段取りも準備もなく、ただの召喚術でいきなり召喚できてしまうかもしれねーぞ、世界がひっくり返るわ」

「はい……まさにその通りです、才蔵さん」

「私は……その存在を感じていた。ミレマーで軍事政権が倒されたと言われる日の同日に魔神級としか思えない、邪悪《じゃあく》でおぞましい波動がはるか遠くに登場したのを。方角はまさにミレマーのある方角と一致《いっち》。あれはこの世に決して存在させてはならない、呼び込んではならない魔の存在だった。おそらく魔獣《まじゅう》の類でしょう。ただ圧倒的《あっとうてき》な力を持った超魔獣《ちょうまじゅう》と言うべきものです」

「マ、マジかよ……そりゃ人類の危機じゃねーか」

「多聞ほどの人間が感じていたのであれば間違いないでしょうね。高野山でもそこまで精密に把握はしていませんでしたが、似たようなことを言っていました。しかし……そうなるとその犯人は何者ですか？　それだけのことをしでかす連中はまともではありません、その思想も実力も。まさに機関を挙げての戦いになるレベルです。垣楯さん、それすらもあの三人が退けたと言うのですか？　確かに恐るべき力を見せているランクDの少年には驚きました。四天寺の姫《ひめ》もあのエクソシストの少女の実力もランクAを超えるものだとは思います。ですがそれでも……多聞さんが言うレベルの魔獣を倒せるものではないのでは……」

「はい……ただ、本部の調査では、その召喚《しょうかん》されたと思われる超魔獣も、その召喚主も倒されたという結論を出しています。それも倒したと思われる人物は恐らく……たった一人。いえ、正確には、そうではないかと思われている人物が一人なんです。ミレマーでの瑞穂《みずほ》さんとマリオンさんの居場所は確認《かくにん》できましたから」

「一人⁉　一人って！」

「ほう、一人とは……それはまた、恐ろしい話を聞きましたな」

さすがにここまでの話を黙《だま》って聞いていた最年長の道開も驚きを隠《かく》さなかった。

「召喚士についてですが、申し訳ありません、今はすべてを言えないです。ですが威徳さんの仰《おつしや》る通り、機関本部の調査隊で真っ先に問題となったのが、まさにそのことでした。では一体、誰に倒されたのか？　ということです」

「あの～、すみません。ということは……まさか、機関はその超魔獣すらも倒した謎《なぞ》の人物というか、能力者をあの堂杜という少年ではないかと疑っているということですかぁ？」

神出来乙葉の控《ひか》えめな質問に志摩は静かに頷く。

「そうなりますかね。ですが、あくまで仮説で、まだ何も分かってはいません。ですから、このような遠回りなことをして調査をすることになったのです。忙《いそが》しい皆さんには申し訳ないのですが。ただ分かって欲しいのは、これは機関にとっても重要なことになります。それだけの人材が機関に所属しているのであれば……」

「とんでもなく世界への影響力《えいきようりよく》が上がるわな。裏にも表にも。まだまだ世界は不穏《ふおん》なところがあるしな。皮肉なことだがその不穏な状況《じようきよう》を作っていた組織の一つである闇夜之豹がこの調査に使われるとは笑えるが」

「笑い事じゃないですよ、才蔵さん。で、どうなの、しまりん。今回の結果は」

「しまりんはやめなさいって言っているでしょう、千代。今回の結果は結論から言えば驚くべきものね。とてもではないですが、あの実力はランクDとはかけ離れている。何て言ってもあの闇夜之豹をまるで赤子扱《あつか》いです。あの三人の代わりに、ここにいる私たちが全員出たとして闇夜之豹の壊滅《かいめつ》は可能だと思う？　千代」

「冗談でしょう、できるわけないですね。戦い方によってはかなり苦しめられるかもしれないけど、才蔵さんに超働いてもらって。でも、まず壊滅なんて最初から目標設定すらしないわ」

「おいおい、そうならなくて良かったわ。だが垣楯さん……あの少年は確かにとんでもねぇと俺も思うが、どうなんだい？　機関の仮説やこの多聞や高野山の話から考えれば……」

「そう……ですね。私見ですが、ミレマーでの危機の規模を考えれば物足りない、と言えるかもしれません」

「そうだよなぁ、魔神クラスを一人で倒すなんて、そりゃあ四天寺の親父《おやじ》か剣聖《けんせい》ぐらいだろ。ああ、聞いたことはないが天衣無縫《てんいむほう》もどうだろうな。もし、ミレマーの危機を救ったという能力者の仮説が本当であれば、まあ言ってしまえば六人目のランクSSの誕生と言って差し支えないからな。それを考えれば今日のこのとんでもない実績も物足りなくなってしまう……というには可哀想《かわいそう》か。比べる相手が悪いわな、これだけの実力者であることは間違いねーし」

「……はい」

「まあ、奥《おく》の手を持っている可能性も……それは考えすぎか」

「奥の手？　……ハッ」

「うん？　どうした、垣楯さん」

「いえ……」

（今、私は堂杜君を忘れていない。これは今までとは違《ちが》う。まさかとは思うけど……彼の記憶《きおく》を失う時というのは、彼には奥の手……代償《だいしょう》を伴《ともな》う奥の手が）

能力者の放つ術や技は常に触媒《しょくばい》という名の代償を伴う。

そのほとんどが霊力《れいりょく》、魔力であり、中には供物や血の代償を伴うものもあるのだ。

（もし……もし堂杜君がミレマーを救った人物ならば、今日は見せていない代償を伴う術があると……。それでその代償というのが……）

志摩はここまで考えを巡《めぐ》らすと飛躍《ひやく》しすぎとも考え首を振った。というのも非現実的すぎる。

「皆さん、帰りましょう。私も今日のことを早急《さっきゅう》に報告しなくてはなりません。それと今回の件は、お分かりとは思いますけど他言無用でお願いしますね」

「へーへー、終わってみれば楽な依頼だと言えんのかな。でもなあ、他言無用と言われてもなぁ。こんなすごいもの見せられてはな、口が滑《すべ》っても仕方ないと思うぜ。すごい新人がいたってくらいは言ってしまいそうだ」

才蔵が両手を頭に回してぼやく。

「ふふふ、才蔵さん。今回の人選には口が堅《かた》いこと、機関に深くかかわっている、という項目《こうもく》も入っていたんですよ」

「あらら……嫌《いや》だねえ」

才蔵はそう言い、肩《かた》を竦《すく》めると他の者たちも苦笑いした。

◆

闇夜之豹を壊滅させてアレッサンドロに引導を渡《わた》した祐人たちはすぐさま北京《ペキン》に帰ってきた。中国政府の調査が入る前に帰国するためである。

闇夜之豹が先に仕掛けてきたとはいえ、こちらも他人の敷地内《しきちない》で大いに暴れたのだ。その場で悠長《ゆうちょう》にしていられるはずもなかった。

北京に着くと機関からの案内人である田所《たどころ》に連絡《れんらく》をとり、飛行機のチケットはすぐにとれると言うので祐人たちは真っ先に空港に向かった。

田所と合流すると日本行きのチケットを受け取り、祐人たちはフライトまでの時間を空港内で過ごした。

「その伯爵とかいう奴はマリオンを生贄《いけにえ》に魔神の召喚を考えていた⁉　とんでもない連中ね。魔神をコントロールする術でもあったというの？　もしできなければ世界を巻き込んだ大変な事態になっていたわよ。しかも何故《なぜ》、生贄にマリオンを……？」

「うん……それは分からないんだよね。その辺は最期《さいご》まで気味の悪い連中だったよ。でも今後、マリオンさんを狙《ねら》う奴らが出てくるか分からない。ある程度は警戒した方がいいかもしれない」

「はい……でも私は大丈夫《だいじょうぶ》ですよ、祐人さん。私も自分の身は自分で守りますし」

「そうね、今のところマリオンは四天寺の客人だから、うちにいる間はそうは手を出しては来ないわよ。今回の闇夜之豹の末路を聞けば、なおさらね」

「ははは……そうだね、今回の件の噂《うわさ》が広がれば……というより機関は暗に広げるだろうけど、四天寺家に手を出したらどうなるかっていうのが嫌でも広がるよね。四天寺家を恐れる組織なりが増えるんじゃないかな」

「ふん、そんなのそれこそ今更《いまさら》よ！」

「ははは……」

「それより祐人さん、怪我《けが》の具合は大丈夫なんですか？　今回の戦いで悪化するようなことは……」

「左腕《ひだりうで》はまだ自由に動きそうにないけど右はいけるよ。今回の戦いで問題もなかったし。相当、腕《うで》のいい医師みたいだね、さすが機関お抱《かか》えだよ。日本を発《た》つ前の一日と飛行機内で大分、回復できたしね」

「その怪我を一日かそこらで、どう回復するのよ。仙道使いって化け物？」

「化け物って……自然治癒《ちゆ》能力を最大限に高めるだけだよ。内氣を循環《じゅんかん》させて増幅《ぞうふく》させるんだ。他人と循環させることもできるんだけど、やっぱり自分自身への効果が一番高いね」

「あ、秋子《あきこ》さんにしたやつですね」

「じゃあ、私たちにもできるってこと？　祐人」

「え!?　あ、いや、できるけど……意識がある時はあまりお勧《すす》めできないというか……」

「何でよ」

「い、いや……その……この方法は仙道でいう……あの、房中術に通じるところがあってね、その男女でやるのは……その……」

「は？　ぼうちゅうじゅつ？　何それ？　虫よけか何か？　何を言ってんのよ、祐人は」

「と、とにかく！　意識を失っている人にやりやすいってこと！」

「ふーん、じゃあ今度、私が怪我をしたり、疲労《ひろう》が溜《た》まったらお願いするわ。寝《ね》てる時にでも」

「え——⁉」

「何なのよ、その反応は。いいじゃない、意外とケチね、祐人は」

などとやり取りをしている二人の横でこれを正確に理解したマリオンは……顔から耳まで真っ赤に染め上げていた。

「ぼ、房中術……祐人さんにされる房中術……はう！」

「……うん？　ちょっとマリオン！　何で目を回してんのよ⁉　顔も真っ赤で！」

「はわわぁ……ぷしゅー」

マリオンの顔からボイラーの水蒸気のように湯気が上がる。

「マリオンってば！　ぼうちゅうじゅつって何なのよ⁉　ちょっと、祐人！　何とかしなさいよ！」

「何とかって言われても！」

「じゃあ、ぼうちゅうじゅつって何よ⁉」

「何でもないです！」

マリオンの回る目が何とか視点を合わせせられるようになり、まだ息は荒《あら》いがマリオンも立ち直った。

「だ、大丈夫です。すみません……取り乱してしまいました」

「本当に大丈夫なの？　マリオン。突然、意識が飛びそうになってたけど……」

「いえ、祐人さんが変なことを言うから……うん？　待ってください！」

「のわ⁉」

「ちょっ、いきなり大きい声で驚かさないでよ。今度はどうしたのよ、マリオン」

「祐人さん……さっきの言いようだと、祐人さんは秋子さんに房中術を施《ほどこ》したということに……」

（……ギク！）

みるみる内にマリオンの瞳《ひとみ》から光が失われていくのを祐人は見てしまう。

「祐人さん？」

「はう！　ち、違うよ、マリオンさん。あれはあくまでも治療《ちりよう》の一環《いつかん》で……」

「マリオン、だから、ぼうちゅうじゅつってなんなのよ⁉」

まだ意味の分かっていない瑞穂に笑顔のマリオン（目は笑っていない）は手招きをし、瑞穂の耳に口を寄せた。

「房中術というのは………と言われていて………で、それを祐人さんは………」

「ふんふん……は？」

瑞穂の顔がボンッと音を立てるように赤くなったかと思うと……体全体がふるふると震《ふる》えだす。

「ちょっと、お腹《なか》が痛くなったのでフライト時間ギリギリまでトイレに……あおん⁉」

祐人の両肩《りょうかた》に二人の少女の力強い手が乗った。

祐人の額から大量の汗《あせ》が流れる。

それは感じるのだ。今、背後にいる二つの危険な存在を。

(後ろを振《ふ》り返っては駄目《だめ》だ！　ここは男子トイレに強行突破《とっぱ》を……)

「祐人……」

「祐人さん……」

闇夜之豹を壊滅させた祐人の身体はまったく動かない。

(な、何でなの⁉)

そして、その両肩に乗る手は見事なコンビネーションで祐人の身体を反転させた。

そこには憤怒《ふんぬ》の炎《ほのお》を背負う瑞穂と……、

獲物《えもの》を咥《くわ》える虎《とら》の幻影《げんえい》を背負うマリオンが……。

「ご、誤解……」

涙目《なみだめ》の祐人は……静かに目を閉じる。

(さようなら、僕《ぼく》……)

「あ、あなたぁぁー!! 人の友人になんて術をかけたのよぉー!! この変態道士が!」

「そうです!! 他の方法は本当になかったんですか!? それと秋子さんに変な影響《えいきょう》は出ないんですよね!?」

「ヒー――――!! 大丈夫! 変な影響はないから! 信じて! というのもそういう側面もあるけど、本来はそんな意味じゃなくて互《たが》いの氣を交換《こうかん》して増幅するれっきとした……」

「そういう側面って何よ!」

「その側面が問題なんです!」

フライト時間が迫《せま》ってきていることを伝えにきた田所はこの若い三人を見つけ……乾《かわ》いた笑いを見せる。

そして真剣《しんけん》に他人のふりをするか悩《なや》むのだった。

◆

日本時間の夜に祐人たちは帰国した。

とりあえず祐人は聖清《せいせい》女学院にあてがわれた寮《りょう》に帰り、瑞穂とマリオンは四天寺家に帰った。別《わか》れ際《ぎわ》に瑞穂から「機関への報告は後日にしよう」と言われたので、それは任せることにした。

祐人は学院での留守をお願いした一悟《いちご》たちへのお礼は明日の朝にすることにして今日は休もうと考える。

部屋に到着《とうちゃく》してその場に荷物を置くと祐人は息をついた。

「おっかえりなさいー、祐人！　意外と早かったわね！」

「お帰りなさいー、祐人さんー」

「わーい、お帰り祐人！」

「待ってた……」

突然、ベッドの方から大勢の声があがり祐人は驚いく。

見れば嬌子《きょうこ》たちが贅沢《ぜいたく》なダブルベッドの上でくつろいでいる様子だった。

「あ、嬌子さん！　みんな待っててくれたの？　あれ、傲光《ごうこう》たちは？」

「傲光と玄《げん》は先に帰ったわよ。もう役目は終わったからって」

「役目が終わった？　役目が終わったって……ああ、僕が帰ってくるのが分かったからか。今回はありがとうね！　そういえば学校はどうだった？」

「もちろん、上手くいったわよ！　全然、問題なし！　祐人の代わりは傲光にお願いしておいたから慣れたもんだったわよん」

　白《パイ》とスーザンは祐人に駆《か》け寄ると気持ちよさそうに頬《ほお》ずりをしてきたので、祐人は二人の頭を撫《な》でる。

「そうか、みんなありがとう！　白たちもお疲《つか》れ様《さま》！　まだ回復しきってないのに色々とお願いしちゃって」

「全然、問題ないよ！」

「問題ない……」

「で、祐人の方は上手くいったの？　そういえばなんか怪我が増えてない？」

「うん？　ああ、こっちは全部、解決したよ。怪我も大丈夫、これも嬌子さんたちがバックアップしてくれたおかげだね」

「ふふーん！」

「祐人さんー、良かったですね」

「あ、そういえばあの子たちは？　鞍馬《くらま》と筑波《つくば》は役に立った？」

「大活躍《だいかつやく》だったよ！　もう一つ、お願い事をしちゃったからまだ帰って来てはいないけど、すぐに帰ってくると思うよ。帰ってきたら何かご褒美《ほうび》をあげないとね！」

「そう、それなら良かったわ。それと～、祐人、私たちにもご褒美くれるわよね？」

嬌子がニマーと笑い立ち上がる。

「はいですー。私たちも頑張《がんば》りましたー」

サリーもゆったりと立ち上がった。

「うっ！　も、もちろんだよ」

（な、なんだろう？　今、悪寒《おかん》が……）

「やったー！」

「……嬉《うれ》しい」

白とスーザンも笑顔で祐人を強く抱《だ》きしめてくる。

（ご褒美はあげなきゃだけど、嬌子さんとサリーさんは何をお願いしてくるか、不安……）

「じゃあ、ご褒美は家に帰ってから決めようか……」

「ここでもらうわ！」

「ここでもらいますー」

「え!?　今、ここで？」

「そうよ～、今回はここにいるみんなで話し合って決めたから！　全員、同じものをもらうって！」

「前回は事前に話し合わなくて失敗でしたー。抜け駆《が》けしなければいいんでしたー」

「サリー！　余計なことは言わない！」

「は？　抜け駆け……？　今、何て言った、サリーさん？」

嫌な予感がする祐人。

前回、この十八禁コンビのおねだりに意識を失ったことを思い出し、無意識に体が逃《に》げ出そうと反応するが……、

（あ、あれ？　動かない？）

気づくと抱きついてきている白とスーザンの締《し》め付けが……強い。

というよりも、

「痛ぁ‼　痛い！　痛たたたたぁ！　白、スーザン痛いよ！　何で⁉」

「ご褒美、ご褒美！　へへへー！」

「……じゅる！」

「ちょっと！　白、スーザン！　目が怖《こわ》い！　あ、まさか嬌子さんに言いくるめられて……駄目だって！　騙《だま》されちゃ駄目！　二人とも正気に戻《もど》って！」

「グッジョブ！　白、スーザン！　そのまま、そのままね～、では準備を始めるわよ！」

「はいですー」

「ちょっ、あれ？　なんで……服を脱《ぬ》いでるの？　嬌子さん、サリーさん？」

「ごっ褒美、ごっ褒美、嬉しいな！　今日のために用意した下着！　サリーが持ってきた雑誌で研究したものが、ついに！」

「はいー、厳選しましたー。白ちゃんとスーちゃんのものも私が選びましたよー、縞模様《しまもよう》に統一してますー」

　そう言いつつ嬌子とサリーは艶《なま》めかしいネグリジェ姿に……。

「ぶっ！　な、何を言って……⁉　ちょっと！　みんな僕と契約《けいやく》してんだよね⁉　なんで言うこと聞かないの⁉　ぐ、ぐるじい……」

　咄嗟《とっさ》に鼻から吹《ふ》き出そうになった赤い液体を押さえる祐人だが、白とスーザンの押さえつけがきつくて動けない。

「はい！　では私たちへのご褒美を発表しま～す！　そ・れ・は～！」

　動きがとれない祐人の前で嬌子とサリーは満面の笑《え》みを浮《う》かべる。

「私たちとの添い寝に決定ぃぃ！　いえーい！　これでも控えめにしたのよ～、今回は大した働きもしてないと思ってぇ、控えめに！」

「はいですー！　本当は二人きりが良かったですー！　それと添い寝だけですー」

　と言う嬌子とサリーの目は完全に猛禽類《もうきんるい》のそれと同じ。

　明らかに言っていることと望んでいることが乖離《かいり》していると祐人の本能が伝えてくる。

（や、やばい、これはまずい！　エロい！　エロすぎる……じゃない！　なんとか、ここは説《と》き伏《ふ》せないと！　僕の体がやばい、それにぐるじい！　ちょっとぐるしすぎぃ！　白、スーザンの力の加減がおがじい）

　そこで「ハッ」と祐人は契約人外についての知識が頭によぎった。

（あ！　たしか強力な人外との契約は非常に有益だけど契約者《けいやくしゃ》本人の力が弱まると襲《おそ》われることもあるって聞いたことが！）

　違う意味で襲われているが。

　ちなみに祐人のその知識は契約の仕方如何《いかん》によるものだったりする。

　嬌子とサリーは顔を火照《ほて》らせて、よだれを拭《ふ》きながら祐人ににじり寄ってくる。

　嬌子の身につけている薄《うす》い生地《きじ》のネグリジェは透《す》けて黒の下着が見え隠れし、サリーの刺繍《ししゅう》が細やかにされている生地の奥からピンク色の下着が……。

「さあ、今日という今日は観念してもらうわよ～。白、スーザン、祐人を放して、あなたたちも準備をなさい～。添・い・寝・の！」

「嘘《うそ》だ！　その目は添《そ》い寝だけを狙ったものじゃない……！　ぐ、ぐるじい、強すぎる！　白、スーザン、締め付けが強すぎ……い、息が……」

　夢中でギューッと左右から抱きしめてくる白とスーザン。

見た目中学生ぐらいの少女二人に目を移すと、その目が興奮しすぎて我を忘れたようにぐるぐる目になっている。

「あれ？　白、スーザン、もう放していいわよ。ちょっと聞いてる？　白ってば⁉」

「添い寝、添い寝……頭撫でて、添い寝！　下着で添い寝！」

ギュ――――!!

「クハァ！」

祐人の肺からすべての息が搾《しぼ》り取られる。

「あっ、ちょっと！　放しなさいって！　祐人が！　スーザンも放して！」

「祐人さんが、まずい状態ですー！」

「……添い寝……添い寝……後ろから抱きしめて……（コクコクコクコク！）」

ギュ――――!!

「ゲハァッ！」

酸欠で顔が真っ青になる祐人。

「ああ！　祐人が死んじゃう！　死んじゃうわよ！　放しなさい、二人とも！」

「そうですー、落ち着いてー、白ちゃん、スーちゃん！」

さすがにまずい状態と分かった嬌子とサリーが白とスーザンを祐人から引き離そうと飛

びついた。

「落ち着きなさいっての！　この娘《むすめ》っ子たちは！」

祐人は四人の中心で揉《も》みくちゃにされ、中々、離れない白とスーザンの腰《こし》を抱えるように引っ張る嬌子とサリーとともに部屋の中を激しく移動する。

すると、ようやく白とスーザンを嬌子たちが引きはがした。

祐人はその時の勢いで、体が宙に飛ばされて紙風船のようにベッドの上に落ちる。

泡《あわ》を吹いて息も絶え絶えの状態で……。

「ああ!!　祐人！」

「祐人さんーー！　大丈夫ですかー」

嬌子とサリーがベッドの上で口からエクトプラズムを出しそうな祐人にすぐさま近寄り体をゆする。

そこで正気を取り戻した白とスーザンも祐人の様子を見て愕然《がくぜん》とした。

「あれ？　祐人！　どうして⁉」

「……何があった？」

「あんたらのせいだわぁぁ！　馬鹿者《ばかもの》どもぉぉ!!」

「ええー！　なにそれ⁉」

「……言いがかり」

そして祐人はというと……、

「ご、ご褒美《ほうび》怖《こわ》い……ご褒美、エロ怖い……ガク！」

と言い残し……意識喪失《そうしつ》。

「ああああ！　またぁぁ！　今度こそはって作戦練ったのにぃぃぃ！」

結局……四人は意識を失った祐人を真ん中にして皆《みな》で寝た。

「こんなの違う～」

「はいー、思ってたのと違いますー」

「頭撫でてくれない」

「……後ろから抱きしめてくれない」


「「「「……グスン」」」」

次の日の早朝、今回ばかりは祐人が四人を厳しく説教をした。

第5章　戻る日常

「まったく……昨夜はひどい目にあったよ」

若干《じゃっかん》、足取りも重く校舎に向かう祐人《ひろと》。

「祐人」

背後から声がかかり、振り向くと聖清《せいせい》女学院の制服姿の瑞穂《みずほ》とマリオンが寄ってきた。

「あ、おはよう、瑞穂さん、マリオンさん」

「どうしたんですか？　祐人さん、ちょっと顔色悪いですけど」

「あはは……ちょっとね、意外と疲れが取れなかったんだよね」

「大丈夫なの？　あなたが疲れているところなんて中々、見たことがないわ」

「はい、心配です。今日は学校を休んだらどうですか」

「大丈夫だよ、それにそれは瑞穂さんやマリオンさんも同じだし」

そう言い、三人は肩を並べて聖清女学院の整備された並木道を歩き出す。

「そういえば今日ね、学校が終わったら、また秋子《あきこ》さんのお見舞《みま》いに行こうと思ってるのよ」

「ああ、そうだね。僕も行くよ。呪詛《じゅそ》も解けたはずだし、自然と回復していくとは思うけど僕が手伝えば回復ももっと早くなる……」

「……はん？　祐人」

「……祐人さん？」

「あ、何でもないです！」

（効果は高いんだけどな……）

「まあ、でも必要ならお願いするわ。意識が戻っていたら駄目だけど……」

「え？」

「そうですね、治療の一環なのは間違《まちが》いがないですし……でも、意識がない時だけですよ、祐人さん」

「う、うん、分かってるよ！」

「あの……祐人さん、意識があった時に施したら一体、どうなるんですか」

ちょっと頬を染め、小声で聞いてくるマリオン。

「……え？　何？」

「あ、何でもないです！」

慌《あわ》てて手を振るマリオンだが……横でこれをしっかり聞いていた瑞穂は顔を赤くしつつ、小声でささやいた。

「マリオン！　あなたは本当にムッツリね……！」

「な⁉　み、瑞穂さん！　瑞穂さんだって昨日、一度どんなものか経験するのもいいかもって言ってたじゃないですか」

「わーわー！　それは秋子さんには勝手に施しておいて、私自身が知らないのは不味《まず》いと思っただけで他意はないわよ！」

「何の話してんの？」

「何でもないわよ！　エロ道士！」

「何でもないです！」

「エ、エロ道士って……」

ガヤガヤしながら歩く三人。

夏休みも近づいてきており、朝とはいえ燦々《さんさん》と輝《かがや》く太陽の日差しが届いてきている。

通りがかる他の生徒たちにも挨拶《あいさつ》を交《か》わし、日常が戻ってきたのだな、と瑞穂とマリオンは感じていた。

そして横には祐人が一緒《いっしょ》に歩いている。

瑞穂とマリオンは左右から祐人の横顔を盗《ぬす》み見て、ちょっとだけ笑みを見せる。

祐人と同じ学校に登校していることが二人の心を高揚《こうよう》させ、何とも言えない深《ふか》い感慨《かんがい》が湧《わ》き上がる。

今回のような呪詛事件とは関係なく、祐人を試験生として呼んだのは不謹慎《ふきんしん》ながら良かったと瑞穂は思った。

今、瑞穂とマリオンの感情は上気していた。

——だから、気づかなかったのかもしれない。

先ほどから挨拶を交わしている聖清女学院のお嬢様《じょうさま》たちの常軌《じょうき》を逸《いっ》した熱い眼差《まなざ》しや、よそよそしさ、または神々《こうごう》しいものを見るような目に、敵対の目、等々があったことに。

三人が校舎までの長い美しい並木道を歩いていると前方から登校している生徒たちに逆らってこちらに向かってくる一団が目に入った。

「あれ？　あれは……一悟《いちご》だ！　茉莉《まつり》ちゃんたちもいる！　どうしたんだろう？」

よく見れば一悟、茉莉、静香《しずか》、そして花蓮《かれん》もおり、何故か一様にその目が影で覆《おお》われている。

そして皆が皆、その肩から寮に入るために持ってきた荷物を抱えているではないか。

瑞穂とマリオンも何事かと訝《いぶか》し気《げ》にこの集団を見つめてしまう。

「一悟、茉莉ちゃん、どうしたの⁉　今からどこに行くの？」

「祐人……ね？」

茉莉が静かに祐人に話しかける。

何故、確認《かくにん》してくるんだろう？　と祐人は思うが頷《うなず》いて返事をする。

「う、うん」

「じゃあ、帰るわよ」

「え？　どこに？」

「もちろん、吉林高校《きつりんこうこう》に決まっているでしょう。祐人も寮に戻って荷物を持ってきなさい、待っててあげるから」

「え、あれ⁉　試験生としての期間ってもうちょっとなかったたっけ？」

そこに一悟が前に出てくる。

「……祐人」

「な、何？」

「俺《おれ》たちは……返品だ」

「返品⁉」

「ああ……事情は後で話すから、とりあえず帰る準備をしてこい」

何が起きたのかは分からないが、全員、荷物を持っていることから嘘を言っているとは思えない。

祐人は瑞穂とマリオンに顔を向けるが事情を知るはずもなく二人も首を傾《かし》げている。

「とりあえず分かった！　ちょっと待ってて、後で事情を聞くから！」

そう言うと祐人は慌てて体を翻《ひるがえ》し、自分の荷物を取りに行こうと寮へ走り出した。

その祐人の後ろ姿を凍《こお》るような目でそこにいる全員が見つめている。

「ああ、事情はゆっくり話すよ」

と、一悟。

「私もゆっくり、じっくり説明するわ」

と、茉莉。

「あ、もちろん、私もね」

と、静香。

「その説明に私も参加する」

と花蓮。

「説明してやるよ……なあ、みんな」

一悟がそう言うと数秒の間、静寂《せいじゃく》が起きた。

そして、四人が大きく息を吸う。

「お前の体になぁ！！！！」

「祐人ぉぉ！　徹底的《てっていてき》に説明するわ!!」

「堂杜《どうもり》君、逃がさないから!!」

「無関係な私を巻き込んだ罪……万死《ばんし》に値する!!」

四人の気迫《きはく》に「ひ！」と声を上げて、思わず抱き合って怯《おび》える瑞穂とマリオン。

「あああ、あの何があったんでしょうか？　皆さん」

「そ、そうね、試験生を突然《とつぜん》、返すなんてそんな失礼なこと。頼《たの》んで呼んだのは学院側なのに」

そう言う瑞穂とマリオンへ四人の目がスッと移動してきた。

「え……？」

さすがにちょっと怖い。

だがよく見ると……四人の表情は皆優《みなやさ》しく、しかし可哀想なものを見るような同情と憐憫が合わさったような目をしていた。

すると……茉莉が瑞穂とマリオンに近寄ってくる。

何だろう？　と思うが、茉莉は真剣そのもので、それでいて目がかすかに潤《うる》んでいる。

この茉莉の表情に瑞穂とマリオンは不覚にも本当に綺麗《きれい》な人だな、と思ってしまった。

こんな人がいつも祐人の近くにいたのかと思うと心がざわざわしてしまう。

しかも今はこの少女が祐人のことをどう思っているのかを知ってしまっているのだ。

不思議と二人はその茉莉をとても手ごわいライバルかのように見て……いや、もう、二人の心はそう理解しているのだろう。

だから、近寄ってくる茉莉にちょっとした警戒心《けいかいしん》というか、距離《きょり》を置こうとするような気持ちが湧き上がってきてしまう。

だが茉莉はそんな二人の気持ちなどに関係なく瑞穂とマリオンの目の前に立った。

そして、二人を交互《こうご》に見つめる。

「な、何よ……」

「な、何ですか？」

茉莉は……突然、二人を抱きしめた。

「くじけないでね！　心を強く持って！」

「は？」

「え？」

茉莉にきつく抱きしめられて狼狽《ろうばい》する瑞穂とマリオン。

すると一悟たちも目に涙を浮かべて、うんうん、と頷いている。

「頑張れ……二人とも！」

「短い間だったけど二人に会えて良かったよ！　応援《おうえん》してるから！　大変だと思うけど！」

「私も陰ながら二人の無事を祈《いの》っている！」

勝手に感動のシーンのようにされて、瑞穂とマリオンも訳が分からない。

「何かあったら遠慮《えんりょ》なく連絡してきてね。これみんなの連絡先《れんらくさき》だから」

茉莉から全員の連絡先が書かれた紙を渡《わた》されて二人はそれを受け取る。

その可愛《かわい》い紙に丁寧《ていねい》に皆の電話番事とメールアドレスが書かれていたので事前に自分たちのために作ってくれたものらしいことが分かる。

「ちょっ！　その前に何があったのか教えてよ！」

「そうです、どうしたんですか？　私たちになにがあるんですか⁉」

当然の疑問と質問だが四人はただ瑞穂とマリオンに愛情深い悲し気な目を向けるだけで何も答えない。

（い、意味が分からないわ……）

「おーい！　荷物持ってきたぁ！」

そこに走ってこちらに帰ってきた祐人に茉莉たちは同時に顔を向ける。

そして四人は互いに頷き合った。

「じゃあ、行きましょうか」

「そうだな」

「そうだね」

「……行く」

四人は祐人を迎《むか》えると一悟は祐人の肩《かた》に手を回し、茉莉はその右手を掴《つか》む。後ろからは小柄《こがら》な静香と花蓮が背中を押《お》した。

「え？　え？　何？　もう行くの？　茉莉ちゃん、若干、痛いんだけど……水戸《みと》さん、蛇《じゃ》喰《はみ》さん、押さなくても一人で歩けるから……」

四人に囲まれ、まるでこれから鉄拳《てっけん》制裁を受ける人かのような祐人を無言で見送る瑞穂とマリオン。

「な……何なの？」

「さあ……分からないです」

そう言う二人の間に夏の熱気の籠《こ》もった一陣《じん》の風が通りすぎる。

そこでハッとしたように瑞穂が祐人に声をかけた。

「祐人ぉ！　帰ったら私たちに連絡《れんらく》しなさいね！」

「うん！　分かったぁ！」

その祐人からの返事に瑞穂とマリオンは安堵《あんど》するような顔をする。

ただ二人は何があったのか気になるので、足早に教室に向かった。

……数多くのお嬢様たちの視線を引き連れて。

——この直後。

遠方から少年と思われる悲鳴が聞こえたような気はしたが、気のせいだろうと思う瑞穂とマリオンだった。

◆

久しぶりの吉林高校で祐人は草むしりに精を出していた。

もう聖清女学院からこちらに帰ってきて数日が経《た》っている。

女学院から帰る際にされた一悟と茉莉たちによる『説明』はいまだに祐人のトラウマとして脳裏《のうり》に焼き付いていた。

「ふう……」

（もう自分たちの代わりに嬌子《きょうこ》さんたちを学校に行かせるのはよそう……瑞穂さんとマリオンさんの姿で何てことしてくれたんだよ、もう）

じわっと涙がにじむが、祐人は頭を振って草むしりに没頭《ぼっとう》する。

今日が草むしりの最終日。

最後だということで美麗《みれい》から草でいっぱいにしなければならない大きな籠《かご》を二つ渡されていた。

要領のいい一悟は、いい草むしりスポットを見つけたらしく既《すで》に草むしりを終えて帰ったみたいだった。

「はあ～」

溜息《ためいき》をつくと祐人はぼんやりと聖清女学院のことや今回の闇夜之豹《あんやのひょう》のことを思い出す。

あの後、瑞穂とマリオンと一緒に機関に出向き日紗枝《ひさえ》に報告のための面会をしたのだ。

結構、無茶《むちゃ》をした自覚があるので何か言われるかと思い、緊張《きんちょう》していた祐人だったが、意外にも何も言われず「ご苦労様」とだけ言われた。

「逆に怖いよな。あの大峰《おおみね》さんっていう人は一筋縄《ひとすじなわ》ではいかない感じだし……」

それと呪詛の件だが、呪詛は完全に解かれて法月《ほうづき》秋子もその他の資本家たちの容態は急速に快方に向かったと瑞穂からメールで連絡があった。

衰弱《すいじゃく》し、髪《かみ》が抜《ぬ》けて涙していた法月秋子も元気を取り戻しているとのことで、祐人も心からそれを喜んだのだ。

「首領、首領～」

「うわ！　鞍馬《くらま》、筑波《つくば》、また来たの？」

「ご褒美を決めたぞ！」

「うん、決めた！」

あれ以来、ちょくちょく顔を出すようになった鞍馬と筑波は突然に姿を現すので祐人も毎回、驚《おどろ》かされている。

「あ、ようやく決まったの？　何にした？」

今回、鞍馬と筑波には大きな働きをしてもらったので、祐人はこの二人へのご褒美は奮発しても構わないと思っていた。

二人にもそう伝えたのだが意外にもすぐには決まらず、「うーん、考える！」と言いだしたので、ご褒美の要望はまた後日に聞くことになっていた。

実は筑波と鞍馬には水許《すいこ》の暗城《あんじよう》の襲撃《しゆうげき》後も働いてもらっている。

それは今回、闇夜之豹を壊滅《かいめつ》させたことについて、中国政府が逆上するのではないか？と心配した祐人が一つ手を打ったのだった。

祐人は鞍馬と筑波にお願いし、呪詛を命じたり関《かか》わったと思われる政府高官たちの家へ数日、嫌《いや》がらせ……いや、もう余計なちょっかいを出してこないように釘《くぎ》を刺《さ》しに行かせたのだ。

聞けば、夜な夜な寝床《ねどこ》に現れる鞍馬と筑波が騒《さわ》ぎ立てたので政府高官たちも精神をすり減らしたようだった。

そしてこのことが……中央亜細亜《ちゆうおうあじあ》人民国の政治家たちの間で長く語《かた》り継《つ》がれる都市伝説が出来上がることになる。

それが……、

『ドンガラガッシャーン事件』

もしくは、

『ドンガラガッシャーンの呪《のろ》い』

というものだった。

これは祐人も知らない、中央亜細亜人民国でのトップシークレットである。

これに伴《ともな》い、張林《ちょうりん》なる幹部が粛清《しゅくせい》されていたことも当然、知らなかった。

おかっぱ頭にくりくりした目を輝かせる筑波と鞍馬は登場するといつも祐人の肩に乗る。

「首領、首領、ご褒美は旅をしたい！　首領とみんなと大勢で！」

「おうさ、そうさ、旅行がいい！　いつも鞍馬と筑波は山の中。たまには他の風景、見てみたい！」

鞍馬と筑波が耳元で元気よく伝えてきた。

「へー、旅行かぁ～。そうか、意外だね、そんなんでいいんだねぇ。よし！　ちょっと計画しようか！　みんなでって嬌子さんたちと、ってことだよね？」

「ううん、多ければ多いほどいい！」

「そうそう！」

「え？　そうなの？」

「鞍馬たちはいつも二人だけ。だれも一緒にいてくれない！」

「おう、気づいてくれる人も少ないのだ！」

それを聞くと祐人はちょっとだけ目を見開いて、いつもハイテンションなはずの鞍馬と筑波を見つめてしまう。

二人のくりくりとした目の内にある気持ちが少しだけ分かったように感じ……祐人は大きく頷いた。

「分かった！　なるべく多くの人に声をかけよう！　その時は、姿を現したままでいいからね！　鞍馬、筑波！」

「「おおお！」」

祐人の頭に両側から抱き着く鞍馬と筑波。

どうやら相当、嬉しかったようだったので祐人も微笑《ほほえ》む。

その後、草むしりも終わり、二人に抱き着かれたまま立ち上がると祐人は二人に優《やさ》しく話しかけた。

「えっとね……鞍馬、筑波」

「おうさ！」

「ちょいやさ！」

「あのさ……重いし、しこたま暑いから離《はな》れてくれるかな？」

次の日の朝、祐人は教室に入ると一悟と他愛《たあい》のない話をした後に鞍馬たちの要望が旅行だったことを伝えると一悟はすぐに喰《く》いついてきて、後は俺に任せろ！　と豪語《ごうご》した。

それで旅行の件は一悟に任せることにした。

あと数日で夏休みだ。

一悟も元々、何か予定を作ろうとしていたのかもしれない。

この時、祐人は何となしに燕止水《えんしすい》のことを思い出す。

（燕止水……あれからあの仙人《せんにん》からもコンタクトはない。今、燕止水はどうなっているだろう……）

そう考え、真剣《しんけん》な顔で祐人は席に着いた。

（道士とはいえ……そんな簡単な容態ではなかった。もし、奇跡的《きせきてき》に助かったとしても、復帰するまでには相当な月日が必要かもしれない）

志平《しへい》たちはあの後、機関から群馬の寒村の空き家を譲《ゆず》り受けたと聞いている。

また、今後は子供たちも学校に通えるように取り計らってもらったとも言っていた。

これらすべてを垣楯志摩《かきだてしま》が段取りを含《ふく》めてとりなしてくれたのだった。

（垣楯さんは本当にかゆいところまで手の届く人だな……ちょっと尊敬してしまうよ）

それと祐人にはもう一つ、気がかりなことがあった。

それは……伯爵《はくしゃく》たちが言っていた〝御仁《ごじん》〟なる人物だ。

想像するに、その人物が魔界《まかい》の知識をスルトの剣《けん》やアレッサンドロたちに流していた可能性が高い。

(一体……何者なんだ。これは堂杜家としても看過できるものじゃない。このことは爺《じい》ちゃんや父さんに伝えなければならないな。考えづらいけど、もし魔來窟《まらいくつ》を通さずに魔界との門を開けるなんてことがあればとんでもないことだ。今は父さんが魔界で各国との連携《れんけい》をとりなしているみたいだけど……)

祐人の目に不安の光が宿る。

(魔界にある三つの国家の裏で何かが起きているのかもしれない。魔の者は人の負の感情から力を得ることができる……。こちらの人口は魔界の比じゃない。もしや、それを？場合によっては僕《ぼく》も魔界に赴《おもむ》かなければならないかもしれない……)

ふと気づけば、あと一分でホームルームの時間だ。

担任の超《ちょう》クールビューティ高野《たかの》美麗先生が現れるはずなので体を前に向ける。

これはクラスの全員がする体に染《し》みついた行動である。

ところが、だった。どうしたことか美麗が現れない。

あり得ないことだと教室内がざわめく。

すると……数分遅《おく》れて教室のドアが開いた。

だが、現れたのは教頭の菅仲《すがなか》先生だった。何事かと生徒たちにも緊張が走る。

「ああ、すみません。今日は転校生が四人も来たので遅れてしまいました」

途端《とたん》に教室内が大きく騒ぎ出す。

というのも、当然だろう。こんな夏休み直前に転校してくるなんて聞いたことがない。

「ああ、転校生はこのクラスではありませんよ。この学年はAクラスとBクラスとEクラスに一人ずつ来たんです。今、そこをまわってきたので遅れてしまいました。もう一人は二年生です」

「なんだぁ～」

「男ですか？　女の子ですか？」

等々と当然の質問が飛び交うと教頭はおっとりとした口調で丁寧に答えた。

「全員、女の子です。興味のある方はあとで休み時間にでも挨拶に行ってください」

「「「おお！」」」

主に男子から歓声《かんせい》が上がる。当然、一悟も喜色ばんでいた。

「それと高野先生に急遽《きゅうきょ》の用事が入りましたので、数日になりますが代わりの先生を紹介《しょうかい》しに来ました。新任の先生ですがよろしくお願いしますよ。主に体育を担当する予定です。どうぞ、入って来てください、先生」

「……うむ」

紹介を受けたその新任らしい先生が入ってきた……のだが、生徒全員が息を飲む。

というのも、そのジャージを着た男性の先生は全身に包帯を巻いていたのだ。

「ミ、ミイラ男だ……」

誰《だれ》かが全員の気持ちを代弁したセリフを吐《は》く。

どこから見ても超重傷《ちょうじゅうしょう》を負った、病院で絶対安静にしていなければならない患者《かんじゃ》にしか見えない。

クラスの生徒が唖然《あぜん》として見つめている中、祐人は驚きのあまり顎《あご》が外れそうになった。

「あ、あ、あ！　あんたぁぁぁ！」

祐人は思わず立ち上がり声を上げてしまう。

教頭の菅仲は祐人の絶叫《ぜっきょう》に驚くが、顔をしかめて祐人を諌《いさ》める。

「うん？　まさか君は先生と知り合いなのかね？　しかし、学校内では先生と生徒です。あんた、なんて呼び方は感心しませんね」

「あ……う、うう、すすす、すみません」

教頭先生に諌められて気まずい顔になる祐人だが、興奮を抑《おさ》えることが出来ずに体を震《ふる》わせていた。

「はい、では自己紹介《しょうかい》を、先生」

「燕鴻鵠《えんひろまと》だ。まだ新任でどうしてここにいるのか、何が何やらさっぱり分からぬが、よろしく頼む。それと教頭とやら、そこの失礼な少年は知らぬ。他人と勘違《かんちが》いをしている可哀想《かわいそう》な子だと思うので許してやってほしい。失礼な奴《やつ》だが」

（何ぃぃ⁉）

「おお、そうでしたか。それでは問題ないですね。では皆さんよろしくお願いしますよ。それでは私は行きますので。ちょっと羊羹《ようかん》の届く日程の整理を……」

祐人は歯ぎしりをして新任の風変りというには生ぬるい包帯だらけの先生を睨《にら》む。

そう……言うまでもない。

その新任の先生というのは……、

燕止水その人であった。

（問題ない？　どこがぁぁ！　というかどうしてここに⁉　教員の免許《めんきょ》もないだろうが！

ああ、もうどこから突っ込んでいいのか……）

頭を抱《かか》える祐人は状況が整理できない。

「では、そのホームルームというのをしなくてはならないのだが……そこのお前、ホームルームとは何か、俺に教えてみろ。どんな人間にも分かりやすいように簡潔にな」

「え⁉　僕ですか⁉　ホームルームは……ホームルームで他に言いようが……」

燕止水ならぬ燕鴻鵠は一番前に座《すわ》る男子生徒を指名して無茶ぶりをする。

「何だ、その説明は。哲学《てつがく》か？　他にホームルームを教えられるやつはいないのか？」

正直、生徒たちはこの新任の先生がどういう人間なのか分からない。

だが淡々《たんたん》としたこの新任先生の言いようは生徒たちには面白《おもしろ》かったらしく、段々、教室は笑顔《えがお》に包まれていった。

「はい、先生！」

「うむ、なんだ」

「ホームルームは朝礼のことで、今日の連絡事項《れんらくじこう》や優先事項《じこう》を伝える時間のことだと思います！」

「なるほど……そういうものか。お前は優秀《ゆうしゅう》なやつだな、簡潔で分かりやすい」

「ありがとうございまーす！」

教室から笑顔がもれる。

「うわぁ、変わった先生だなぁ。包帯を全身に巻いているのがキャラだとしたら濃《こ》すぎるわ」

「でも、なんか怒《おこ》らなそうでいいんじゃない？」

「そうだね、あとで話しかけに行こうか！」

「そうね！」

意外に高評価を得ていることに祐人は顔を引き攣《つ》らせていた。


止水に生徒からの質問が集中しただけのホームルームとも言えない時間も終わると、祐人は止水とともに職員室に向かった。

「何をやってんだ、あんたは……。いや、体の方は大丈夫《だいじょうぶ》なのか？」

「うむ、実は俺にも何が何なのか分かっていない。目を覚ましたところで師にここで働け、と言われただけでな。どうやら色々と師には助けられたらしい、あの師がこんなことをするとは意外だが」

「は？　それでどうしてここで働くことになるんだよ」

「それも分からん。ただどうやら俺は助けてもらった見返りに、ここで働いて羊羹代を稼《かせ》がなくてはならないらしい」

「よ、羊羹？　何それ？」

「分からん」

「あぁあ、もう何が起きて、何がどうなってるの？　聞いても意味不明な疑問が増えるだけだし。あんたの師匠《ししょう》はなんなんだよ、もう！　あ、仙人か……じゃあ、考えるだけ……」

「無駄《むだ》だな。俺ももう諦《あきら》めた」

祐人は大きく肩で溜息をつくと、止水に顔を向ける。

「志平さんとは連絡をとったの？」

「ああ、昨日、事の次第《しだい》を説明した。あいつも意味が分からん！　と怒ってたな」

「そらそうだろうね……志平さんも苦労性《くろうしょう》っぽいし。今頃《いまごろ》、イライラしてるんだろうなぁ。でも……」

「でも……何だ？」

「いや、何でもない」

祐人がニヤリと笑うのを見て止水は一瞬《いっしゅん》、不愉快《ふゆかい》そうな顔をしたが無視して前を向いた。

（志平さん……泣いていただろうな）

「休みには帰るんだろう？　志平さんとこに」

「当たり前のことを言うな。毎週は帰れそうにはないが、あそこが……あいつらのいるところが俺の帰る家だからな」

「……そうか」

「闇夜之豹のことは聞いた」

「え⁉　誰に？」

「師が言っていた。一応、礼は言っておく」

「あれはこちらの問題だったんだ。別にあんたのためじゃない。まあ、運が良かったね、あんたにとっては」

「フッ……では、礼は撤回《てっかい》しよう。ああ、それとお前には言っておく。俺は先生だ。言葉に気をつけろ。敬語を使え、分かったな」

「なんだよ、突然……まあ、これからは気をつけるよ、燕先生」

「ふん」

　こうして祐人は止水と職員室の前で別れた。

　祐人が自分の教室に戻《もど》ろうとすると、なんだか教室内が騒がしい。

　特に男子たちの歓声のようなものが聞こえてくる。

（何だろう？）

　首を傾げつつ教室内に祐人が入るや、一悟が大きな声を上げた。

「あ、祐人！　どこに行ってたんだよ！」

　人だかりの中心から顔を出した一悟はひどく焦《あせ》っている。

「な、何？　どうしたんだよ、騒がしいな、一悟は」

「馬鹿野郎《ばかやろう》！　おまえな、今日、教頭先生が言ってた転校生ってのはなぁ……」

一悟がそこまで言うと一悟の後ろから四人の少女の声が聞こえてきた。

しかも、その声は超不機嫌《ちょうふきげん》で腹の底から出しているにもかかわらず、声量は押さえているというような話し方。

正直怖《こわ》い。

「祐人……どこに行ってたのよ」

「そうです。やっと来ましたね、祐人さん」

「堂杜さん……」

「堂杜、やっと来たな！」

声の方向に顔を向けると……そこには見知った顔の少女たちが並んでいる。

「……え？　え――!!　瑞穂さん、マリオンさん、ニイナさん！　しかも蛇喰さんまで！　え？　え？　転校生って瑞穂さんたちのこと!?　どうして!?」

「どうして、じゃないわよ……全部、あなたの仲間のせいよ」

「はい……ひどいです」

「わたしなんて完全にとばっちりです」

「私はパパ様に一人で暮らせって言われた」

瑞穂たちの言っている意味が分からず、少女たちの背負うあまりの気迫に祐人は後退《あとずさ》る。

いや、実はなんとなく伝わるものはあったが、考えたくなかっただけとも言える。

「えっと、それは、どういう……？」

途端に瑞穂の、マリオンの、ニイナの目がカッと見開く。

ちなみに花蓮は前髪《まえがみ》が邪魔《じゃま》で目が見えない。

「ひっ！」

「あんたがぁぁ、大丈夫だって言ったぁぁ、仲間たちがぁ！　私たちのいない間に学院で暴れまわったせいで、学院長から出て行ってくださいと頭を下げられたのよ!!」

「私もです！　もう、ものすごい恥《は》ずかしかったです!!」

「私なんて、その手下みたいな扱《あつか》いでした!!　誇《ほこ》り高いミレマーの淑女《しゅくじょ》がこんな扱い、耐《た》えられません！」

「一人暮らしは寂《さび》しい！」

「のわ！」

瑞穂が祐人の胸《むな》ぐらを掴むと涙目《なみだめ》で訴《うった》えた。

「どうしてくれんのよ！　もう恥ずかしくて社交界に顔も出せないわ！」

「ひー、で、でも、何で吉林高校に⁉」

「ここしか受け入れ先がなかったの！　さすがに四天寺《してんじ》が高校中退はできないでしょう

が！　どこのお嬢様学校も噂《うわさ》のたった問題児なんか受け入れてくれないわよ！　しかも、こんな変な時期に！　そうしたら明良《あきら》が一つ心当たりがあるって言って、編入できたのがこの学校だったのよ！」

「お、落ち着いて、瑞穂さん、分かった！　後で話そう！　昼休みにね、ね！　ほ、ほら授業が始まっちゃうから！　ね！」

この祐人の言葉に何とか落ち着いた瑞穂たちは昼休みに会うと固く約束してようやく出て行った。

「な、何があったの？」

隣《となり》のクラスの茉莉が騒ぎに気づいた生徒たちに紛《まぎ》れて現れ、静香を見つけて話しかける。

「あー、それがね……ははは。昼休みにすべて話すよ」

と、静香は引き攣った顔で返事をした。

——昼休み。

祐人たちは学生食堂に集まり、今回の経緯《けいい》を詳《くわ》しく聞くことになった。

瑞穂たちが集まると異様に目立ち、とても広い学食の端《はし》のテーブルに集まっているのだが、数々の視線が集まっている。

特に男子生徒の注目度が高い。

其処彼処《そこかしこ》から、

「白澤《しろさわ》さんと同レベルの女の子がいっぱいいるぞ、おい！」

「可愛いすぎる……あの金髪《きんぱつ》の子、二次元世界からきたみてーだ」

「いや、俺はあの黒髪《くろかみ》の子に踏《ふ》みつけられたい！　奴隷《どれい》にされたい！」

「俺はあの小柄な美少女がいい……どこの国の子だろう。知的な感じがまたいい！」

というような声があがっていた。

「私の注目度が低いのは何故《なぜ》か⁉」

「うん？　花蓮ちゃん、どうした？」

「なんでもない……」

一悟と花蓮のやりとりの横で今回の転入に至った話を聞いていくうちに、祐人の顔がどんどん青ざめていく。

「え――！　そんなことがあったの⁉　嬌子さん、サリーさん、あの人たちは……」

「そうよ！　学院での私の呼称《こしょう》は『天使の羽根女帝《じょてい》』よ！　しかも……胸が小さくなったっていう辱《はずかし》めも……」

途中《とちゅう》から瑞穂の声が小さくなる。

「私なんて『モフモフしっぽ女組長』ですよ！　学院では放課後になるとスカートの下にしっぽをつけるとか、訳の分からないことを強要されて……組長が範《はん》を垂れなければ示しがつかないとみんなの剣幕《けんまく》に逆らえず……ああ！」

顔を両手で覆《おお》うマリオン。

「二人はまだいいです！　それでも組織のトップです。私なんて、ふくよかさが足りないって、どちらの組織からもアドバイスを散々受けて……うう」

涙目のニイナ。

「私はパパ様にこれを機会に一人暮らしを……」

「さっきから蛇喰さんだけ個人的理由だよね！」

一悟、茉莉、静香は現場で見ていたこともあり、何とも言えない表情。

「これも全部、祐人のせいだから！」

「ご、ごめんなさい！」

頭を深々と下げる祐人。

「でもさ、よくこんな時期に、しかもやたら早く編入できたな。本当にうちって適当だよな」

一悟は呆《あき》れたように腕《うで》を組んだ。

「何故か、明良がここなら交渉《こうしょう》できるって言い出して……」

瑞穂も首を傾《かし》げる。

「でもまあ、ちょっと経緯はアレだが……まったく知らない人しかいない学校より良かったじゃないか、なあ、白澤さん」

「え⁉　そ、そうね」

茉莉は突然、話を振《ふ》られて慌《あわ》てて頷《うなず》いた。

そして、瑞穂たちの方に目を向ける。

「最初は慣れないと思うから、何でも相談してね」

茉莉の申し出に瑞穂とマリオン、ニイナも肩の力を抜いたように頷いた。

「ええ、ありがとう、白澤さん」

「はい……実は私、人見知りがあるので助かります」

「よろしくお願いします」

「私も頼む」

「花蓮ちゃんが年上だったのは驚愕《きょうがく》だわ」

「うん……本当だよね」

一悟と静香が互《たが》いに大きく頷き合う。

「うおい！　それはどういう意味だ！」

ここで祐人は茉莉の横顔を見て、あることを思い出した。

（あの時の……燕止水との戦いの時に聞こえた声……あれは、茉莉ちゃんだったよな。あれは一体……茉莉ちゃんに確認《かくにん》しようかな。でもあれは明らかに霊力《れいりょく》だったよね……）

その祐人の視線には気づかず、茉莉は瑞穂たちを複雑な気分で見つめていた。

というのも……茉莉は自分の祐人に対する気持ちに気づき、そして正面からそれを受け止めることができている。

だから茉莉は色々と今後のことを考えていたのだ。

祐人をどう自分に振り向かせようか、と。

ところが、そんな時に現れた瑞穂たち。

この三人が転入してくるなど想像だにしていなかった。

茉莉にだって分かっている。

この三人が祐人のことをどう想《おも》っているか。

そして、強力なライバルになるだろうことも。

正直なところ、茉莉は自分が祐人と同じ学校に通っていることを大きなアドバンテージだと思っていたし、事実、その通りのはずだと思っていた。

それが今日、むなしく霧散《むさん》してしまったのだ。

だが茉莉は……気落ちしそうになった自分を奮い立たせる。

(ううん、私はこれから祐人を追いかけると決めたの。もう一度、祐人が自分のところに、なんて思わない。自分から行かなくちゃ。前に出なくちゃ！)

「四天寺さん、マリオンさん、ニイナさん」

茉莉に声をかけられ、うん？　と瑞穂たちは茉莉に顔を向けた。

「今回の件は本当に大変だったと思う。私が祐人に代わって謝罪するわ。祐人が迷惑《めいわく》をかけてごめんなさい」

「「「……は？」」」

ピキィ！　と空気が凍《こお》った。

一悟は目を見開き、静香は驚いた後……ちょっと笑う。

「え!?　ちょっと茉莉ちゃん、茉莉ちゃんは悪くないよ！　僕の仲間が迷惑かけただけなんだから」

「祐人は黙《だま》ってて」

「のひょ！」

茉莉の笑顔に祐人の生存本能が突然《とつぜん》に警鐘《けいしょう》を鳴らした。

瑞穂、マリオン、ニイナは茉莉の言ったセリフの意味を正確に受け取る。

祐人の代わりに茉莉が謝《あやま》る。

そう、これは……、

宣戦布告なのだ。


すると徐々《じょじょ》に瑞穂たちはそれぞれに、それぞれの笑《え》みをこぼし始めた。

「ふふふ……そんな白澤さん。他人の白澤さんが謝ることなんてないわよ。他人の」

「そうです、まったく関係のない白澤さんが謝るなんて……ふふふ、これは祐人さんの、あくまで祐人さん個人だけにある責任ですから」

「そうですね、白澤さんはちょっと気にしすぎですよ。自意識かじょ……じゃなくて、堂杜さんが自分の責任を誰かに肩代《かたが》わりなんてさせるわけがありません。肩代わりする人もこの世に存在しませんし。祐人さんが私たちに謝るだけですべて終了《しゅうりょう》です。完了《かんりょう》です」

「な、何？　みんな何の話をしてんの？」

突然の異様な雰囲気《ふんいき》に祐人は四人の顔をそれぞれに見回す。

「うわ〜、白澤さん頑張《がんば》ったなぁ」

「そうだね、やっぱりライバルが恋《こい》を燃え上がらせるのよ」

小声で話し合う一悟と静香。

そこに花蓮が立ち上がり……一悟の袖《そで》を引っ張る。

「うん？　どうしたの花蓮ちゃん」

「トイレの場所が分からない……連れてって」

それを横で見た静香が思わず、静香らしからぬ声を上げる。

「ちょっと！　蛇喰さん、そんなのは女の子に聞くことでしょう！　私が連れて行ってあげるから！」

「私は袴田《はかまだ》に頼《たの》んでる。ちっこいのは下がってて」

「何ですと⁉　蛇喰さんに言われるとは！」

「お、おいおい……何を興奮してんだよ、水戸さん。こういう子なんだから仕方ないだろう。分かった、分かった、んじゃ、連れてってあげるわ」

「頼む」

「え⁉　袴田君！」

一悟は立ち上がると花蓮を連れてトイレへ連れていった。

その二人の後ろ姿を静香は何とも言えない顔でジーと見つめている。

「……もう！」

静香は珍《めずら》しく不機嫌《ふきげん》そうに頬杖《ほおづえ》をついた。

その横では四人の少女たちによる応酬《おうしゅう》が続いている。

「いえいえ、祐人の不手際《ふてぎわ》は私の監督《かんとく》責任でもあるから」

「祐人は一人で生きていける男よ？　常に一人で」

「そうですね、祐人さんは自己責任において、たとえお金がなくても、誰にも頼《たよ》らず生きていける人です。一人で」

「堂杜さんって一人が似合っていますしね」

「ちょっと！　何の話⁉　何で僕がそんなに独りぼっちな感じなの⁉」

「「「「うるさい（です）‼　女同士の語らいに男が入ってこないで！」」」」

「はひー！」

この様子を静香は苦笑い気味に見つめる。

「私も人のこと言えないなぁ……」

と漏《も》らすのだった。

この後、帰ってきた一悟が旅行の件を持ち出し、夏休みにみんなで海に行くことが決まったのだった。

エピローグ

「それにしても……とんでもないわね、堂杜《どうもり》君は。ふむ、分かったわ。報告、ご苦労様。わざわざ中国まで行ってもらって申し訳なかったわね」

「いえ……」

世界能力者機関日本支部支部長、大峰日紗枝《おおみねひさえ》は報告書に目を通すと秘書の垣楯志摩《かきだてしま》を労《ねぎら》った。

機関の研究所の応接室で日紗枝と志摩は真剣な顔で向かい合い座っている。

「志摩ちゃん、この報告でいけば堂杜君の戦闘力《せんとうりょく》……といっても戦闘力は一概《いちがい》には言えないけど、ランクにしてAAを下らない、という見解ね？」

「はい、この目で確認したのにもかかわらず、今でも信じがたいです。あの闇夜之豹《あんやのひょう》がいとも簡単に……四天寺《してんじ》によってその戦力を半減させられていたとしてもです」

「大胆《だいたん》な作戦よね、これ。たった三人で東側から全開で仕掛《しか》けて……一人でもやられたり突破《とっぱ》されれば終わりよ。これは恐《おそ》らく瑞穂《みずほ》ちゃんの遠距離《えんきょり》重攻撃《こうげき》が効いているわ。敵に堂杜君たちの戦力を見誤らせたのね。この闇夜之豹の中途半端《ちゅうとはんぱ》な動きは明らかに東側以外からの襲撃《しゅうげき》に備えているように見えるわ」

「そのように私も感じました。結果としてそれが堂杜君たちに有利に働き、闇夜之豹はあっという間に各個撃破《げきは》されています。その最前線で戦っていたのが、この堂杜祐人《ひろと》君です。一緒《いっしょ》に前に出ていたマリオンさんは堂杜君が近接戦闘《せんとう》に集中できるよう補佐役《ほさやく》に専念していたようですね。それでも闇夜之豹相手に大したものです」

「まさか……狙《ねら》い通り、ということかしら。だとすれば……」

「はい、瑞穂さんとマリオンさんは堂杜君の実力と特性をよく理解していることになります。瑞穂さんが一対一で堂杜君と戦えば勝てる気がしない、と度々《たびたび》、言っていたのも、このことを表していたんだと思います。その時はにわかに信じることができませんでしたが……」

「ランクDだものね……それは仕方ないわ。私も真剣に確認をとろうとしなかった落ち度もあるし」

「いえ、そんなことは」

「じゃあ本題だけど、どう？　堂杜君は。もちろん、とんでもない子だということは分かったわ。それでミレマー事件と関連付けして、堂杜君はスルトの剣《けん》を倒《たお》すほどの力を持っているると思う？　報告書ベースではなくて志摩ちゃんの見解を聞きたいわ」

「はい、まずその前に彼《かれ》の実力ですが、実績からいえばSランクに匹敵《ひってき》すると考えます。いえ、戦闘のあり方が彼の得意な形にはまればSランク以上SSランク以下ともいえるかもしれません。彼が死鳥《しちょう》、燕止水《えんしすい》を倒した実力は本物と考えます。大峰様も言っていましたが死鳥は古傷で以前のような力がない、ということはなかったと推測します」

「……！　そ、そこまでとはね。でも何故、そんな子が新人試験でランクDなの。手を抜《ぬ》いた？　では何のために……」

「それは分かりません。ただヒントとなるのは剣聖と体術が互角《ごかく》との記載《きさい》……。そう考えると彼は手を抜いてはいなかったのかもしれません」

「そうね……。となると、この機関の試験では測れない能力者だったということに。まったく調べれば調べるほど疑問が出てくるわ。なんていう子なのかしら、この堂杜君という子は」

　日紗枝も志摩もこのような能力者を見たことがない。

　しかし彼が見せた実力はまやかしではないのだけは明らかだ。

　何故なら実戦においてその実力を示したのだ。

「じゃあ、スルトの剣を倒したのは、やはりこの子の可能性が高い……」

「いえ、率直《そっちょく》に申し上げてその件に関して言えば、物足りない、というのが私の印象です。というのもバルトロさんの調査では魔神《まじん》クラスの魔獣召喚《まじゅうしょうかん》の形跡《けいせき》がありました。それを個で倒すほどのものとまではさすがに思えません」

「……ふむ」

「それともう一つ、ミレマーでのことと彼とが結びつかないものがあります」

「それは？」

「各都市を襲《おそ》った妖魔《ようま》の大群を退けたという……契約《けいやく》人外の存在です。もし彼がそのミレマーを救った人物ならば、今回の戦いにも投入してくるのが自然な流れだと思います。ましてや彼は明らかに近接戦闘型の能力者。ミレマーに現れ、各都市を守ったその人外たちは神獣《しんじゅう》クラスと考えられます。これがどうにも結び付きません。しかもその神獣が複数です……これも信じがたいですが」

　嬌子《きょうこ》たちの情報は瑞穂たちをはじめ、明良《あきら》も口外していないために日紗枝や志摩たちは知らない。また、上級の契約人外を持つ家系は世界的にも限られてくるためにどうしても祐人とは結び付かなかった。

「確かに、ね。契約人外を持つ者やその家系の者は一般的《いっぱんてき》に契約人外の力を百％引き出すための修行《しゅぎょう》を積んでいるわ。それに対してこの子は自らが前線に飛び込んで敵と対峙《たいじ》している。まったく対照的な戦い方ね」

「はい」

「ということは……分かったのはこの少年が超人的《ちょうじんてき》な強さにもかかわらず、ランクDにされていた、ということだけね。まあ、それだけでも私たちにとっては、はかり知れない恩《おん》恵《けい》があるのは間違《まちが》いないわ。ミレマー事件の方はまだ分からないままだとしても、その意味ではこの調査は大成功もいいところ」

世界能力者機関に所属する最高戦力とはランクSS、S、AAを指し、それら一人一人の存在が各国の機関に対する態度と評価を決め、そして警戒心《けいかいしん》を抱《いだ》かせる存在でもある。

現在、戦闘系に特化すればSSは五人、Sは七人、AAは十二人の能力者が所属しており、SS能力者の実力に至っては主要国の一軍に匹敵する、とまで言われているのだ。

機関が決して一般人《いっぱんじん》には手を出さないと公言していても、力がある、ということは、これだけで他組織に警戒心を抱かせるのは当然とも言える。

また、機関も力があることを警戒《けいかい》されるというのは交渉のカードにもなることを知っている。

綺麗《きれい》ごとだけでは機関の悲願である公機関への移行は成せないのも分かっているのだ。

だからこそ今回の闇夜之豹の機関に対する敵対行動は放置できなかった。

そして今、その機関に突然ランクSクラスの能力者が増える、ということは世界の力関係に影響《えいきょう》を与《あた》えるほどの大事件である。

この少年の存在が明るみになれば機関の存在感、影響力《えいきょうりょく》は否《いや》が応《おう》でも上がることを意味していた。

もちろん機関の理念の賛同者であり機関と強く結びついている、というのが大前提とはなる。

であるからこそ機関本部のバルトロは調査を急いでいた。ミレマーを救ったその人物を特定したのち、いち早く機関に取り込みたいと考えたからだ。

もし機関に所属していない能力者ならば、その力に見合う待遇《たいぐう》で勧誘《かんゆう》。

無理であれば、最悪、敵対した時のことも考えて対策を練らなくてはならない。

万が一、すでに機関所属の能力者であれば優遇《ゆうぐう》し、幹部として機関の仕事に専念してもらうようにしたい。

「堂杜君をもっと調べましょう、大峰様。色々と分からないことが多すぎます。まず手始めにですが新人試験で何故、彼を実力通りに判定できなかったのか、というところからがいいと思います。いきなり色々と動きすぎては世界に対して目立ちますし、目立てば彼に各国からの勧誘合戦を引き起こしかねません。堂杜君の実力でランクDであることを知らればなおさらです。堂杜君は将来の機関幹部としての実力を持っているのは間違いありません。必ずや取り込まなければなりません」

「そうね、慎重《しんちょう》さが必要かもしれないわね。今回の闇夜之豹壊滅《かいめつ》の手柄《てがら》は瑞穂ちゃんとマリオンさんにして、その情報をそれとなく流しておきましょう」

すると日紗枝と志摩がいる応接室の扉《とびら》がノックされた。

「大峰様、よろしいでしょうか」

「どうぞ、いいわよ。何か？」

機関職員が入室してくると背筋を伸《の》ばす。

その顔には若干《じゃっかん》の焦りのようなものが感じられた。

「失礼いたします！　大峰様に面会を求めておられる方がお二方、来られています」

「私に面会を？」

日紗枝は怪訝《けげん》そうな顔をして志摩を見た。

秘書である志摩は何も知らないというように首を振る。

「悪いけど断ってもらえるかしら。今はとても大事な話をしているのよ。その方たちには改めてアポイントをとるように伝えておいて」

「そ、それが……来られている方というのが」

「うん？　何、誰《だれ》なの？」

「お一人は剣聖《けんせい》アルフレッド・アークライト様です」

「は⁉」

機関職員から出てきた意外すぎる大物の名前に日紗枝だけでなく志摩も驚愕した。

「アルが？　何でこんなところに来るのよ！」

「は、はい、どうしても大峰様に面会したいと……」

「だったら事前に携帯《けいたい》に電話してきなさいよ！　何でこんな忙《いそが》しい時に……」

「お、大峰様、相手が剣聖ではここでお返しするわけにはいきません。直接、来るのであれば何か大事な用件があるのではないでしょうか？」

志摩に諌《いさ》められて日紗枝は溜息《ためいき》をつき、肩《かた》を落とす。

「そうね……分かったわ、ここに通してもらえる？　まったくあいつは……こちらからの連絡《れんらく》は中々、繋《つな》がらないくせに」

「承知いたしました。それと大峰様……」

「他に何かあるの？　あ、二人いるんだったわね。アルと一緒に来た人？」

「いえ、別々に来られたようで、たまたま剣聖と重なっただけと仰《おっしゃ》っておりました」

「え……？　誰よ」

「四天寺朱音《あかね》様です」

「ええ⁉　朱音様が！」

日紗枝は立て続けのＶＩＰの名前に改めて驚《おどろ》きの声を漏らしてしまうのだった。


「いや、すまないね、日紗枝。突然、来てしまって」

「本当よ！　事前に連絡を入れてから来なさいよ、本当にアルは！」

「あら、ごめんなさい、日紗枝さん。ちょっと伺《うかが》いたいことがあってね。電話より直接、お話ししたい内容だったから……つい」

「そんな……朱音様。いつでもいらしてくださって構いません。ですが仰っていただければこちらからお伺い致《いた》しましたのに……」

「そんな悪いわ。日紗枝さんは忙しい身だし……」

「私と待遇が随分《ずいぶん》と違《ちが》うような気がするのは気のせいかな？　志摩君」

「あはは……」

応接室に突然、来訪してきた世界能力者機関のＳＳランクと相談役でもある精霊《せいれい》の巫女《みこ》という大物二人に志摩は若干、緊張《きんちょう》してしまう。

「それでご用件は……部屋を別《わ》けて聞いた方がいいのでしたら手配します。もし、私がお邪魔でしたら席を外しますし」

　志摩がそう言うと剣聖も朱音もそれは無用というように話を切り出した。

「いや、私は堂杜少年なる子の話を聞きたくてね」

「あら、奇遇《きぐう》ですわね、私も祐人君のお話で足を運んだのですよ」

「え……⁉」

　日紗枝と志摩は目を見開くと思わず互いの顔を見てしまう。

「それは……何故、堂杜君の」

　アルフレッドは朱音に目を移すと朱音が「お先にどうぞ」と頷いたのを見て前を向いた。

「ちょっと色々と彼の噂を聞きつけて、私も興味がわいてね。それでちょっと彼を借りたいと思ったのだが、まあ日紗枝も色々とあるだろうからね。先にことわりを入れておこうと思ったのさ」

「堂杜君を……？　その噂っていうのはどこで聞きつけたのかしら」

「あはは……そんな目をしないでくれ。あ、もちろん私が彼に報酬《ほうしゅう》は払《はら》うよ。そうだね……報酬はランクS待遇を考えているがどうかな」

「アル……！」

　日紗枝と志摩はアルフレッドの申し出に驚く。それはまるで今回の闇夜之豹での祐人の活躍《かつやく》をよく知っているような物言いと評価だった。

「まあまあ、それは祐人君、好待遇《こうたいぐう》ですね」

何故か嬉《うれ》しそうにしている朱音は驚いた風でもなく笑みを見せた。

「アル……腹の探《さぐ》り合いはしたくはないわ。その理由を教えて。こちらも機関が考える彼についての現状を話すわ。だからあなたも知っていることを話して。もし話せないような内容なら、こちらも話すことは何もないわ」

日紗枝の真剣《しんけん》な顔をアルフレッドは見つめる。

「……分かった。そちらの話が聞けるなら私としてはこれ以上ないことだ。こちらも包《つつ》み隠《かく》さず話そう」

「朱音様、突然、申し訳ありません。これから話す内容は機関の相談役として聞いてもらえないでしょうか。またご意見があれば仰っていただければと思います」

「ええ、分かったわ。それに私もその祐人君のお話はお聞きしたいですし」

朱音も笑顔《えがお》で応じた。

このように日紗枝が朱音にもちかけたのは朱音は機関での最高相談役でもあるからだ。

どちらにせよ、遅《おそ》かれ早《はや》かれいつかは話さねばならない内容でもあった。

それに日紗枝はこの場に朱音がいてもらった方が良いと考えたのもある。

それは精霊の巫女でもある朱音は嘘《うそ》を見抜《みぬ》く能力が高いのだ。

そこまでアルフレッドを疑っているわけではないが、念のために朱音を前にしてアルフレッドが嘘をつくことを予防するという側面もある。

剣聖アルフレッドは機関の最高ランクSSにして、その中枢《ちゅうすう》を担《にな》う人物だ。

その彼が機関に害をなすことはまずありえない。

だが日紗枝は最近のアルフレッドの行動に眉《まゆ》を顰《しか》めていた。

それはある時から突然、姿を消し、連絡もつかず、行方《ゆくえ》不明とまで言われている時期もあったのだ。何をしているのかも一切《いっさい》、報告がないために機関も困惑《こんわく》していた。

ようやく日紗枝が連絡をつけて、アルフレッドを新人試験の試験官に招いたのは二ヵ月前のことである。

それで今回、何の前触《まえぶ》れもなく現れたと思えば堂杜祐人を借りたいと言う。

日紗枝個人はアルフレッドを信用していても機関の支部を預かる者としてはその意図を正確に知らなければならない。

「じゃあ、アル。まずはこちらから堂杜君について機関本部の調査結果と仮説、それと今回の闇夜之豹を壊滅《かいめつ》したレポートを説明するわ」

日紗枝は志摩に顔を向けて頷くと祐人の新人試験結果からミレマーでの疑問、そして今回の闇夜之豹について詳細《しょうさい》に説明をした。

アルフレッドは新人試験について自分と体術で互角という記載があるというところで目を細める。

「と、ここまでが機関の堂杜君にまつわる情報と考察です」

「日紗枝、私は新人試験での彼を覚えていないな。確かに妙《みょう》だね、それだけの少年なら記《き》憶《おく》しているはずだが……」

「それは……私たちも同意見よ。これについてはどう捉《とら》えていいか、私たちも頭を悩《なや》ませているの。偶然《ぐうぜん》か……それとも……」

「……ふむ」

「それで、アル、あなたの話を聞きたいわ。何故、彼に興味を持ったの？　それで何故、彼を雇《やと》おうと？　一体、何の仕事なの？」

「これから言うことは……いや、日紗枝の判断に任せるが慎重に扱ってほしい、とだけ伝えておくよ」

「承知したわ」

「私はここ数年、ある人物を追っていた。それで色々と機関にも心配させてしまったがね」

日紗枝の顔を見つつ、アルフレッドは苦笑い気味に肩を竦《すく》めた。

「……ある人物？」

アルフレッドは頷く。

「その人物は〝御仁《ごじん》〟と呼ばれていて名前も定かではないんだが……知れば知るほど非常に危険な人物だ」

日紗枝と志摩は眉根《まゆね》を寄せてアルフレッドに集中する。

アルフレッドは今まで行方をくらましていた理由がその御仁なる人物を探すためだと明かしたからだ。

機関のどの幹部もそのことは知らされていない事柄《ことがら》である。

「一体、何者なの。その御仁っていう人物は」

「何者か、と問われると私も分からないと言うしかない。ただこいつはここ十数年来の魔神の顕現《けんげん》に関《かか》わっている可能性が高い。いや、そのすべてにこいつが後ろから糸を引いているのではと私は思っている」

「な⁉」

日紗枝は驚愕し、志摩も背筋を伸ばした。

「そ、それは！　そんなことが可能な人間がいるわけはないわ」

「私がこの人物の存在を疑い始めたのはドルトムント魔神からだ。ドルトムント魔神が討《とう》伐《ばっ》された後、機関や世界各国からの調査が入ったのは知っているだろう。実はその時に見つかったのさ……ドルトムント市街にあるヴェストファーレン公園の地下に魔神召喚《まじんしょうかん》のためと思われる祭壇《さいだん》と積層型の巨大《きょだい》な魔法陣跡《まほうじんあと》が」

「な、何ですって⁉　そんな話、知らないわ」

「私が知ったのもずいぶんあとだ。しかもそれを知ったのは機関からではない。それを見つけた調査隊がいたんだよ、ある国のね」

「それは？」

「東欧《とうおう》の小国の調査部隊さ。数人の能力者しかいない国だったが偶然か、能力者が優秀《ゆうしゅう》だったのか、それを見つけた」

「何てこと……それでそれを隠《いん》ぺいしたの？　でも何のために……」

「違うよ、日紗枝。その調査隊は全員、殺された。その場でね」

「……！」

「では何故、私がそれを知ることができたのか、となるが、その能力者の中に自分の思念を他人に送ることができる者がいたんだ。その能力者は死ぬ間際《まぎわ》にその視覚映像を自分の親友に送っていたのさ。私は身を隠していたその人物に会う機会があってね。その話を聞いてすぐに調べに行った……」

「あったの？　その祭壇は……」

「いや、破壊《はかい》されたのか跡形《あとかた》もなかった……が、地下空間があったらしき形跡は発見した。その調査隊の遺体も見つけることはできなかった」

「それで、その御仁っていうのは……？」

「その映像を受け取った者が言うには、映像が入ってきた時に声も一緒に聞こえてきたんだそうだ。その人物の周りに数人の風変わりな格好をした人間たちがいて、皆《みな》がその人物を〝御仁〟と呼んでいたそうだ」

あまりの突飛《とっぴ》もない話に日紗枝は判断に迷う。

この話をどう扱《あつか》ってよいものか、と。

「さらにだ……日紗枝。私たちが担当した三年前の魔神召喚未遂《まじんしょうかんみすい》事件……。機関は公にすることをしなかったが、あの件もこの御仁なる人物の姿が見え隠れする。そして、この御仁なる人物の周りには危険な奴《やつ》ばかりの名が見えてくる。そのほとんどが能力者大戦で敗れた能力者たちの名だ。その中にはスルトの剣、ロキアルムの名もあった。一年前の品川《しながわ》魔神……こちらはまだ分からないが、あるいは、と私は疑っている」

そこまで聞いて日紗枝は立ち上がる。

「どうする気だ、日紗枝」

「すぐに機関本部に連絡して、その親友っていうのを保護させるように言うわ」

「無駄《むだ》だよ、日紗枝。もう既《すで》に彼は亡《な》くなっている。精神科の病棟《びょうとう》でね」

「……！　じゃあ、今の話を伝えないと！」

「待て、日紗枝。まだ、私の話は終わってはいない」

アルフレッドにそう言われ、日紗枝は力が抜けたように腰《こし》を下ろす。

「日紗枝、妙だと思わないか？」

「どういうこと……？」

「何故《なぜ》、機関がその地下の祭壇に気づかなかったのか。それに三年前の魔神召喚未遂事件もそれらしい理由を作られて公にはならなかったことが、だ」

日紗枝も担当した三年前の魔神召喚未遂事件。

その時のことを思い出すと日紗枝は無意識に自分の腹を摩《さす》り……アルフレッドの意味深な言い回しに目を細める。

「何が言いたいの？　まさか、機関の中にそれを気づかせないようにした連中がいるってこと……？」

アルフレッドは何も言わずに日紗枝を静かに正視した。

「アルフレッド様のそのお話……すぐには判断がつきませんが、それでアルフレッド様はお独りで調査をされていたんですか？　機関内に裏切り者がいると考えて」

「ああ、そうだ。日紗枝、この話の扱いは君の判断に任せる。私はどうにかその御仁なる人物を捕《と》らえたいと思っているのだ。それで……」

「祐人君の力を借りたいというのはそういう理由だったんですね、剣聖」

　ここまで話を聞いていた朱音が剣聖に声をかける。

「そうです。彼の実力はランクSに匹敵すると考えています。それでいてランクDというのはとても都合がいい。彼を連れて行っても私が何かしようとしているのか、周りに勘繰《かんぐ》られづらい。機関のどこに敵と通じている者が分からない中で、それだけの実力があり、しかも彼にはその心配もない」

「そうね、祐人君は間違いなくいい子よ。それとね、彼を連れて行くのは良いことのように感じます。精霊たちがね、彼の名前を出してから喜んでいるわ。これは良い人選といっているのだと思います」

「そうですか、精霊の巫女にそう言われるとホッといたしますね」

「アル……あなたはどこで堂杜君の実力を知ったのか聞いていないわ。闇夜之豹のことも知っていたの？」

「ああ、実は私はこの通り仲間を探していた。この敵は一筋縄《ひとすじなわ》ではいかないと考えている。

できれば仲間は多い方がいい、もちろん腕《うで》のいい仲間が。機関には先ほどの理由で頼りづらい。それで私は仙道《せんどう》使いたちに目をつけた」

「仙道使いに伝手《つて》があるの!? アルは」

「いや、ないよ。だから血眼《ちまなこ》で探した。噂《うわさ》通りなら彼らは相当な戦力になると思ってね。しかも機関にも悟《さと》られづらい。それで……ようやく、接触《せっしょく》できた仙道使いがいた」

「本当に!? で、どうだったの？」

「断られたよ……。というより話し合いにもならなかったというのが正確かな。いや、もうどうしたらいいのか意味不明だったよ。とにかく自由すぎて無尽蔵《むじんぞう》に酒に付き合わされて」

「ですが……それと堂杜君がどうつながるのでしょうか」

仙道使いの話をしながら顔色を悪くしているアルフレッドに志摩が問いかけた。

「ああ、先日、突然にその仙道使い……仙人《せんにん》らしいのだが連絡があってね」

「なんと！ 仙人からですか!?」

「いつの間にか私のホテルの部屋に手紙が置いてあった。内容は〝おい、アルフレッド、儂《わし》は力を貸さんが力を貸してくれそうな奴を紹介《しょうかい》してやろう。せいぜい、こき使ってやってくれ。そうでもせんと儂の気がおさまらんわい。よいか？ こき使うのだぞ〟とね」

「まさか、そこに書いてあったのが……」

「ああそうだ、堂杜祐人と書かれていた。しかもご丁寧《ていねい》に闇夜之豹を倒した奴と聞けば分かる、とまで書いてあったのでね、ピンときた」

志摩は顔を上げてハッとしたように日紗枝を見る。

「じゃあ、堂杜君は仙道使い！　それなら試験で彼を測れなかったのも、この実力なのものじつまが合います！　大峰様」


「まさか……そういうことだったのね。それで……」

「あら、そうかしら？　それを聞くと確かに祐人君は仙道使いかもしれませんが……」

「何かご存じなのですか？　朱音様」

「あ……いえ、ほら、彼は霊力《れいりょく》を出しているから」

その朱音の言葉に志摩が腕を組んで顎《あご》に手を添《そ》えた。

「確かに……それは妙ですね。謎《なぞ》の多い仙道使いですが、そんなのは聞いたことがありません。ひょっとしたらそこが天然能力者と記載してきた理由にしているのかもしれません」

「ああ、そうだったのですね。天然能力者ですか、それはあり得ますね」

（おかしいわね、祐人君がリョーの息子《むすこ》なら霊剣師《れいけんし》のはずなのですけど。祐人君も……色々と複雑な事情がありそうね、別に私には問題ないですが）

「アル、分かったわ。堂杜君の件はあなたに任せるわ。もちろん、彼の意思を尊重してね。それと今日の話はとりあえず私の胸の中にとどめておくことにするわ。こんな話、相談するにしてもバルトロさんくらいしか思いつかないわ。機関に入り込んでいる敵の間者の存在を考慮《こうりょ》すれば、一対一で会わなければいけないわ」

「すまないね。堂杜君には直接、私から話そう。それに今すぐにというわけではないからね」

アルフレッドとの話が終わると志摩がお茶を入れなおし、それぞれの前に置く。

「朱音様、お待たせしまして申し訳ありません。それで今日のご用件ですが……朱音様も堂杜君の件と伺いましたが」

「ええ、実は良い考えがあってここに来たのです」

「良い考え？　それは……」

「機関は……日紗枝さんは祐人君の扱いに困っていると思いましてね。これだけ強い祐人君をランクDのままにしていてよいのか。でも、いきなり高ランクにすれば世界とのバランスが崩《くず》れかねない。それに彼を置いていい正確なランクも分からないし、まだ祐人君には色々と疑問もある。そうではないですか？」

日紗枝は朱音の状況認識《じょうきょうにんしき》の速さに舌を巻く。

ここに来る前からこのようなことを考えていたのだ。その時はまだ彼女《かのじょ》にしてみれば祐人の情報は断片的《だんぺんてき》であったはずなのにもかかわらず。

「恐れ入ります、朱音様。実はその通りでございまして……」

「日紗枝さんは祐人君を必ず機関に取り込んでおきたいと考えているでしょう。ランクもAかBくらいでとりあえず落ち着けて徐々《じょじょ》に取り込んでいこうと、とか」

「いや、まだそこまでは決めておりませんでしたが」

「ふふふ、そこで提案なのですが、彼を四天寺に招けば良いのではないでしょうか」

「……は？　四天寺に⁉　それはまさか……瑞穂ちゃんの」

想像の斜《なな》め上にいく朱音の提案に日紗枝はひっくり返る。

それに対し朱音はにっこりと笑って頷《うなず》いた。

「はい、四天寺は機関を支える有数の名家。そこに彼が婿《むこ》として入れば否が応でも機関に最も近い人物の仲間入りです。そうすればどの国や組織も彼にちょっかいは出さないでしょう。それに四天寺は優秀な婿を手に入れることになるし、一石二鳥だと思って」

「そ、それは確かにそうですが、四天寺に招き入れるとなると大峰と神前《かんざき》の承諾《しょうだく》が必要になります。今はまだランクDの堂杜君を両家が納得《なっとく》するのは難しいのでは……」

「そうですね、だから数十年ぶりに開催《かいさい》しようと思いまして」

「開催……？　ハッ、ま、まさか朱音様」

「はい、四天寺の神事、次期当主の伴侶《はんりょ》を決める『入家の大祭』をね。もちろん我こそはと思うものはすべて参加を許可します。年齢《ねんれい》制限はどうしようかしら、本来はないのよねぇ」

入家の大祭……力を重んじる四天寺家において次期当主の伴侶を選ぶ際に行われる神事である。大峰、神前の両家が認めた人物であれば問題ないが、適当と思われる伴侶候補が見つからない時に行われてきた。

招かれた参加者はそこで自分の力を示し、大峰、神前の両家を納得させた者のみが伴侶として迎《むか》えられる。

平安時代から存在する四天寺家の歴史において、何度か開催された記載があるが昨今では開催されてはいない。

ここ数代は大峰、神前から推薦《すいせん》された者とのお見合いを経てのものが大半であった。

「あ、あの、朱音様、瑞穂ちゃんはそれをご存じなので？　毅成《たけなり》様は……それに堂杜君も」

「いえ、まだ伝えていませんが」

「……え」

「これから伝えるつもりです。これは四天寺独自の神事ですが、機関には一応報告しておこうと思いましてね。ああ、楽しみだわ。帰ったらみんなを説得しないとね！」

日紗枝は手放しで喜ぶ朱音を、これでもかというくらいの引き攣《つ》った顔で見つめるのだった。

あとがき

またお会いできました。

たすろうです。

魔界帰りの劣等能力者7巻をお手に取って頂き、誠にありがとうございます。

これで第三章が完結いたしました。

いかがでしたでしょうか？　楽しんで頂けたのならとても嬉しいです。

三章も三部構成となり、キャラクターたちとお付き合い頂きありがとうございます。

さて、前巻でもお話ししましたが三章は戦闘シーンが多かったですね。

特に祐人、瑞穂、マリオンは戦いに次ぐ戦いでした。

敵の親玉であるアレッサンドロもロレンツァも己の特色を理解した立ち回りだったと思います。

彼らは単に悪役として登場したわけではありません。

一般人とは違う能力者として生まれ、異能を持った人間たちの生き様や考え方の変遷。

これらがほんの少しの能力者の歴史を垣間見せることになりました。

彼らの考えた方や行動原理には過去の経験に基づくものが大きく影響を及ぼしています。異能とは異質です。そのため能力者は崇められるか迫害されるか、という両極端な存在でもあったといえます。

一巻で少し触れていますが能力者たちが何故に能力者機関など立ち上げ、公機関になることを切望し、それに多大な労力と時間をかけているのはそのためです。

多かれ少なかれ、能力者たちはアレッサンドロやロレンツァのような悲劇を演じてきたことが想像できます。

ただ、異能を除けば能力者も普通の人間です。夢や希望を追いかけますし、絶望に支配されることとだってあります。

アレッサンドロとロレンツァの二人はその絶望に囚われてしまっただけの夫婦でした。

もし彼らにもっと違った出会いや互いに寄り添える仲間がいたとしたら、この物語で語られたものとは違う道を辿っていたかもしれませんね。

祐人も能力者の端くれです。彼が大敵であったアレッサンドロとロレンツァの亡骸に対して見せた情は、この点については思うところがあったかもしれません。

堂杜家だって過去を遡れば色々とあったでしょう。

何はともあれ、彼らの魂に安寧が来ることを祈るばかりです。

そして、もう一人の大敵、燕止水は想像以上の存在感を放ってくれました。

祐人と同じ仙道使い、というだけでなく、彼の生きてきた背景やその過程で見つけた家族というぬくもりを胸に彼はまさに全身全霊で命を懸けました。

彼はそもそも死ぬ気ではありました。ですが祐人と出会い、死に方に望みというか欲が出る辺りが人間ぽいなぁと私は思ってしまいます。

失うために失い方に頭を巡らした彼の不器用な生き方は皆様にどのように映りましたでしょうか。

それにしても止水が生き残るとは驚きです。

え？　何を言っているのか、ですって？

ああ、実は私はですね、物語を思い浮かべる時は最後まで一気に決まります。

ですので細かいシーンはそうではありませんが、大筋は変わりません。

つまり、二章も三章もそうですが、描く前からほとんどの出来事が決まっており、それに向かって書いていきます。

ところがですね……それを跳ねのけたキャラが燕止水その人です。

当初、この第三章が思いついた時は確実に死ぬ予定した。

いやぁ、作者の魔手から見事に逃れた彼の生命力を称賛しましょう。

それともう一人、いたもう二人忘れてはいけないキャラたちがいます。

それが鞍馬と筑波のハイテンションコンビです。

物語の根幹には触れてこない。シリアスな場面でも空気を読まずに打ち壊していく。にもかかわらず存在感だけは主要キャラ並みでした。

今後もちょこちょこと顔を出してくるでしょう。

そして次巻から四章に突入します。

これからも漫画版も含めた「魔界帰りの劣等能力者」シリーズを是非ともよろしくお願いいたします。８巻でまたお会いしましょう。


最後にＨＪ文庫の編集の皆さま、営業の方、担当のＳさん、そして、いつもハイクオリティーなイラストを描いてくださるかるさんに感謝を申し上げます。

またこの本をお手に取ってくださいました読者様、この物語を応援してくださっている方々に最大限の感謝を申し上げます。

皆様の声はとても力になっております。

誠にありがとうございました！

闇夜之豹との戦いを終えた祐人は、
そのまま夏休みに突入。クラスメイトになった
瑞穂たちと遊ぶはずが、突如として
瑞穂の母・朱音が一つの依頼を持ち込んでくる。
それは瑞穂の婚約者を決める
バトルトーナメント〝入家の大祭〟への参加で——
「祐人君。あなたには……
この入家の大祭に
参加して欲しいのです」

魔界帰りの
入家の大祭
The inferior in ability
who returned from
the demon world
劣等能力者
8
2022年冬、発売予定!!

HJ文庫 http://www.hobbyjapan.co.jp/hjbunko/
951

魔界帰りの劣等能力者

7.呪いの劣等能力者

2021年9月1日　初版発行

著者——たすろう

発行者—松下大介
発行所—株式会社ホビージャパン

〒151-0053
東京都渋谷区代々木2-15-8
電話　03(5304)7604（編集）
　　　03(5304)9112（営業）

印刷所——大日本印刷株式会社

装丁——小沼早苗（Gibbon）／株式会社エストール

Printed in Japan

ISBN978-4-7986-2578-2　C0193

ファンレター、作品のご感想
お待ちしております

〒151-0053　東京都渋谷区代々木2-15-8
(株)ホビージャパン HJ文庫編集部 気付
たすろう 先生／かる 先生

追放された劣等生の少年が異端の力で成り上がる!!

追放された落ちこぼれ、辺境で生き抜いてSランク対魔師に成り上がる

著者／御子柴奈々　イラスト／岩本ゼロゴ

仲間に裏切られ、魔族だけが住む「黄昏の地」へ追放された少年ユリア。その地で必死に生き抜いたユリアは異端の力を身に着け、最強の対魔師に成長して人間界に戻る。いきなりSランク対魔師に抜擢されたユリアは全ての敵を打ち倒す。「小説家になろう」発、学園無双ファンタジー！

シリーズ既刊好評発売中

追放された落ちこぼれ、辺境で生き抜いてSランク対魔師に成り上がる 1〜2

最新巻 **追放された落ちこぼれ、辺境で生き抜いてSランク対魔師に成り上がる 3**

HJ文庫毎月1日発売　発行：株式会社ホビージャパン